第六封信・The Sixth Letter

轉動的家和家人關係

對我來說，「家」是個永恆的命題。

從原生家庭到自組家庭，及由此延伸的兩邊親緣家庭，讓我從一個家、走進一個又一個的家，對「家」的看法和認知，如突破盆栽的根系、直往地底土層不斷深探，以微細觸鬚一路蔓延，一路調整。

我相信，隨著年歲閱歷增長，每個人對家和家人的感受，都有過轉變的時刻；每當遇及，心裡總會擅自發出「叮」的一聲，接著跳出「啊，原來家人也會這樣」，或是「我們終於也來到這個階段」的字幕卡，提醒著自己是該調整彼此的緊疏繫線，重新看待此時期的家和家人。

轉動的關係，是原本認為家和家人固著不變的我，從家學堂認知到的第一課。而不管未來的課堂學習是喜是驚，仍然深深相信家是起點，是引導方向的存在，也是最眷戀不離的終點。

主編　董淨瑋

野地裡的寶物

in 台北士林

盛琳
bibieveryday 主理人，在與小男孩和小女孩的日日生活中持續修煉著。

Evan lin
攝影師、策展人、兩個孩子的爸爸，穿梭在工作與生活中的多重身分。

開著黃色小花的鼠麴草，生長在向陽的野地中、菜園裡及石壁邊，雖然不起眼，卻是野地裡的寶物。

清明前後，是鼠麴草一年開花一次的季節，每年這個時候，我們都會提著袋子去採集，回來製作小孩愛吃的草仔粿。

這天，正好是節氣中的驚蟄，山上的菜園飛舞著成群白粉蝶，我們小心翼翼地走踏在田埂間尋覓。

「找到了！」、「又找到了！」，小孩像似小偵探、又像採花大盜，採了一束又一束，滿手都沾染淡淡香氣。

但他們也知道絕不能趕盡殺絕，要留一些讓它繼續播種，還得夠幸運，沒被農民整地或除草時除掉，明年才能再見得到它。

時刻 MOMENT

觀看 的 SIG

山上有個可回去的家

in 花蓮秀林

洛韶在花蓮上中橫的那段路上，海拔1117公尺，大約僅有10戶的迷你聚落。和洛韶的緣份，這一年來從採訪者變成定期上山的鐵粉，會有這麼深的連結，是東華大學蔡建福老師的熱情和空間，讓人有一個山上的家可以回去。

去年5月，蔡老師要種新的一期啤酒花，需要人手幫忙，我們二話不說直奔上山。勞動過後，站在高處被群山環抱，呼吸著乾淨清爽空氣，

場景 SCENES

滿足的看著眼前的洛韶十三峰，壯闊高聳。蔡老師說：「當初會種啤酒花，是因為山上農作物常有猴子去偷吃，看猴子和農民發生衝突很心痛，彼此都只是為了生存，卻弄得兩敗俱傷。」於是他開始思考，有沒有猴子不愛吃、又適合高山種植的作物呢？於是既苦又不好攀爬的啤酒花，就成了實驗對象。

結束一天的勞務，平安回到休息的地方。大夥分工烹煮晚餐，滿滿桌菜讓人一碗接一碗，我們笑著說：「為什麼山上的飯特別好吃？」蔡老師笑而不答，從冰箱拿出一罐啤酒瓶，推開瓶蓋，啵！「你們今天種的啤酒花，將來會釀出啤酒唷！喝看看，保證又會多吃幾碗飯！」

上山的理由很多，有時跟著採收作物，有時參與課程營隊；更多時候，就是想上山找事做，或什麼都不做，切斷山下的繁忙，充飽電力再出發。

林靜怡
宜蘭頭城人，現居花蓮壽豐，住在被山林擁抱和溪流洗滌的地方，與四隻狗二隻貓一起生活，創立「大樹影像」是希望能為被攝者留下些什麼，並讓世界溫暖一點。

有四季感官的房子

in 台中大里

寒流揮軍南下，在這裡好似走進了高海拔森林，冷冽的風在鼻孔中迴盪碰撞，滴答的水聲像掛在耳垂上的水簾，門口有棵老梅樹還不時撥動嘴舌的酸。眼前的平靜，卻藏著盎然的自然五官感受，在沒有變化裡不停地在變化。

因為一個拍攝企劃我們來到了台中，莊提議在一個空檔的下午到菩薩寺走走，她在三樓獨自抄經，而我選擇在空間裡尋找適合自己的位置，發現這裡的外牆是拆板模後的粗糙呈現，後來得知正是當初設計的著想，坑疤的牆面便成了攀藤植物最穩固的家，高大的樹木也不隨意修剪枝節，若擋了路，我們就彎腰而過，順應自然，沒有人定勝天，是從空間裡的許多細節隨之體悟得到。

坐下，在入口處的一張小凳子，頓時成了我靜坐探索「禪」的駕駛艙。

H T 視

建築
BUILDING

觀看　　的　SIG

對照當時的畫面來看，這個位置無疑是個能讓我擁抱一切情緒的觀景窗。好像能察覺到身體周遭的所有生息萬變，沒有蟬鳴的午後，落葉被風吹著在腳邊逃竄，此刻確實是冬季的靜謐，沒有夏暑高對比的熱情，也不是春暖花開的繽紛豔麗，而是低飽和度的內斂與冷靜，或許莊子所謂的「蒼蒼」，就是這般顯色，一不小心就在心中拿起了畫筆，將已枯黃的樹木填補上想像中的春、夏、秋，這裡是不是會更綠？那裡會不會再長高？

我在傍晚前，跟自己度過了整個四季。

過去我只理解到建築與人之間的生活關係，在探訪菩薩寺後，我豁然的打開內心某個視野，原來不僅是裡面的人，還有所有與建築本身共存的每一個事物，可能是愛人送的小盆栽，也可能是孩子在牆上的胡亂塗鴉，原來空間就是時間最美好的載體。故事都在我們不經意的情況下儲存在裡面，像畫一個圓，累積每個喜怒哀樂與春夏秋冬，不斷的循環下去。

建築 BUILDING

邱家驊

躲在恆春十餘年的影像人，拿著釣竿就住海邊，不時也爬進山裡砍柴玩石頭。攝影是工作更是生活，快門之前是積累的日常感受，快門之後將消化成未知的養分，回饋給自己。

不只種橘子，更是守護一片森林

in 台中新社

往新社路上經過一連串的香菇專賣店後，倏然彎進田間小路，就可來到「橘Sir'S」邱俊瑋的橘子園。和印象中低矮且排列整齊的可愛橘子園很不一樣，這裡野而奔放，像極主人外型。園裡每棵橘子樹自由生長，有的甚至高達兩層樓，其間交錯不同植物，樟樹、筆筒樹、姑婆芋，還有各種蕨類，說是橘子園，更像一片森林。

邱俊瑋帶我來到這裡的制高點，指著對面的大雪山說，阿嬤從那裡嫁過來，她想家時，就會站在這裡看著對面家鄉。對故鄉依戀的特質，也遺傳到邱俊瑋身上。他從小就會在假日到阿公的橘子園幫忙採收包裝，一路從小學到高中都在新社長大，與自然十分親近，直到

大學時才下山到都市生活。

但他難以適應城市生活，他發現與大自然失去連結的他慢慢找不到自我、常常因而感到慌張。於是退伍後他跑到東部農場民宿工作，採收季節則回到新社幫忙。看著孫子在東部也是辛苦勞務，趁著某次採收，阿公便問他要不要回來「接山」。

「我曾經以為我是因為孝順而留下來。」每當有人問起返鄉原因，他總是用這個合乎社會價值的理由回答，直到近年透過哲學課探索更多自我，他才發現自己是因為喜歡這裡才回來。自此之後，他可以理直氣壯地回答，「我就是喜歡大自然，我就是喜歡務農。」

接手後他四處探詢照顧橘子園

的秘訣，卻發現每個老農夫的照顧方法都不同。「我這才發現沒有正確答案，每個人都在猜一個答案，但是你怎麼會覺得你的智慧會超過大自然呢？」大自然很有智慧，哪裡貧脊就會讓那裡長出先驅植物，先驅植物長大後變成土地養分，成為次森林，最後逐漸形成森林。

於是他停止使用農藥，用最少的人為控制輔助作物，使作物保有自己的野性，與森林裡的所有生命共存——橘子樹不再過度修枝而是留下老葉，也盡量不砍除任何植物，他把一切交給大自然。慢慢地，這裡不再是橘子園，成為了一座長滿橘子的森林。

附近一帶只有他沒用農藥，於是許多生物都來到這裡居住棲息。

「有次我媽來幫忙採收時生氣地說『厚，你那些鳥吵死了！』我當下很開心啊，幹，爽得要命。」邱俊瑋站在一層樓高的梯子上，一邊採收橘子一邊忍不住笑意地說，「我覺得我守護了一個地方，我給了他們一個居所。」

6年過去，經歷許多困頓與選擇，他慢慢找到方向，也總算知道回來家裡的意義為何。

邱承漢
高雄人，喜歡拍照也喜歡寫字，更喜歡真誠的人，育有一狗兩貓。2011年將外婆起家厝改建為叁捌地方生活，用幽默感及設計參與社區，過著返鄉但持續流浪的生活。

人 PERSON

觀看　的 SIG

目
Contents
次

家屋現在式

Feature **特輯**

Sight 觀看的視線

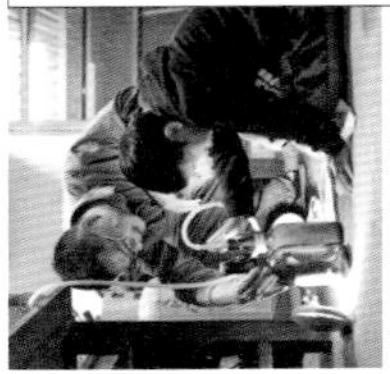

Another Life 另一種可能

Inside of Place 走進地方

Grow From Land 和土脈脈

Local Minds 在地心眼

家屋現在式

家的面貌再定義

一

住宅，是形成家的基礎建築。綜觀住宅形式的變化，可看見百年來歷史外來者、到來者的身影，牽動形成了不同形態的居住文化。

合院、夥房

從茅草搭建的簡陋房子，到有規模的華美屋宇，各有樣貌。

街屋

緊鄰市街、為商業用途而興建，會區隔出居住與工作空間。

移民村

採用折衷式集村規劃，營造以泥土地為生活重心的農工場所。

HOMES REDE

住宅不僅是硬體建設，
更有著身分認定和文化脈絡，
生活在其中的人們，
也從中養成主觀的生活意識和習慣，
持續影響著現代。

步登公寓

為節約土地、容納更多人口，都市區域積極推廣的公寓建築形式。

獨棟透天厝

顧名思義就是可見天的住宅，不若都市住宅喜用磁磚，外牆經常採用洗石子模擬石材或馬賽克磚。

社區大廈

不僅有優美的中庭花園，還有人車分道的停車場，以及供居民小孩休閒的兒童遊戲場，展現都市集居的新居住景觀。

百年住居的十宅隨筆

文字—沈孟穎　插畫—在地偏好工作室

日本知名建築師隈研吾，曾為日本住宅類型寫過一本小書《十宅論》，當時他說區分為十類並沒有特別的理由，若要再細分，確實也可分為十一類、十二類，比較正經的理由，是因想和古羅馬建築師馬爾庫斯·維特魯威·波利奧（Marcus Vitruvius Pollio）名著《建築十書》致敬而起的題名。

之於我，其實也有點效顰的意味，當年看到《十宅論》一書時，確實是感到趣味與衝擊（台灣的建築史家為何沒有這麼有趣的思維呢）。認真想想台灣百年來的住宅類型也不過十幾種，若嚴格些可稱得上「類型」者（而非單純屬性

沈孟穎

成功大學建築學系建築歷史與文化資產保存組博士，專長為空間文化史、博物館展示與文化資產再利用經營。長期關注空間從傳統社會過渡至現代社會的歷史，以及思考縮短學術史學與大眾距離「史普化」的可能。

不同配置形式接近），也許不過十種。歷史研究終極來說，是充滿主觀和個人詮釋的，我心目中的十宅純屬個人觀點，與各位分享、一起思索。

Type 01

1800年代

合院、夥房

嚴格來說漢人的住宅形式無疑是外來「舶來品」，隨著時間推展，外來的成了本土、他鄉成了故鄉，久而久之也說不清源頭。回溯三百年前的新移民者來到充滿未知的新大陸，謀生與尋求穩定是當下最重要的任務，從初來乍到茅草搭建的簡陋房子，到漸具規模的華美屋宇，各有樣貌。一堂一室為最小住宅單位，形成三間以上構成的「一條龍」型態，「堂」具有公共接待、祭祀等功能，「室」具有私密休息睡眠功能，伴隨著家庭人口成長與財富增加，而逐漸擴增廚房、倉庫、豬圈、書房乃至於庭院空間。

當一條龍不夠時則採取加建廂房，朝橫向或進深發展的三至四合院，或是規模更大的三至五落大厝。如李騰芳古宅，主建築為兩堂四護龍的四合院，向外延伸兩道護龍包圍一內埕（晒穀場）與院牆，正廳堂屋脊起翹的燕尾，昭示著主人的官家身份。無論是棟樑、斗拱、窗櫺、牆面，皆有各類花草與寓意吉祥的雕飾。

CHANGES OF HOUSE 屋宅變遷 屋

Type 02

1800年代

街（店）屋

緊鄰市街、為商業用途而興建的街屋，首要是區隔出居住與工作（或作生意）的空間，囿限於當時磚構造技術只能興建高出半層的閣樓空間，權充倉庫之用。初期的店屋，臨街的店面並不讓客人直接進入室內選貨，而是利用可拆卸架子將窗戶作為櫥窗使用。等到商業規模大一點，才會把廳堂作為商業使用，並將私人居家生活置於一進天井之後。

清代開始，部分店家為了下雨時也能讓客人選購貨品，紛紛向街道搭起棚子，後來逐漸發展為「亭仔腳」或「步廊」形式。日本殖民台灣後，覺得此種形式非常適合潮濕多雨的台灣，因而正式寫入法律條文，明令新建街屋皆須保留「亭仔腳」空間，成為今日台灣老街常見的風土空間。

Type 03

1900年代

洋樓

台灣離島在清代末期有特殊的洋樓文化，下南洋致富的故事在金門等地並不稀奇。金門人李森掽在菲律賓致富後，匯了鉅款、返鄉興建新樓，炫耀自己的衣錦還鄉，雖然建築整體為西洋樣式，但建材與匠師皆來自於中國。

這棟洋樓採用南洋常見的五腳基洋樓形式，雖採取諸多中國傳統技法裝飾，但細看主題又會發現在在表現主人飄洋過海、見過世面的經歷。如用水墨技法表達現代的輪船等科技，或是在傳統窗櫺上採用西式花草藤蔓作為裝飾，更別提在正面山頭上大大的BENBIN與LUCKNESS兩個怪怪的洋文，又中又西、又現代又傳統的展現全球在地化混合風格。

Type 04

1900年代

日式宿舍

為快速掌握新獲取的殖民地，台灣總督府首要之務為興建宿舍給派遣來台的公務人員居住，公務官舍最大特徵是按照職等（官階）高低，配給之標準規格住宅，如台中刑務所官舍群，建築格局上含括奏任官舍、判任乙種二戶建、判任丙種二戶建、判任丁種四戶建等，由木造、木造加磚造、加強磚造等多元建材與豐富建築形式。多數木構造宿舍外牆多具有雨淋板特色，主要空間由座敷、應接室、居間、玄關、台所與浴室、便所等構成的和式風格住宅

Type 05

1912年以後

移民村

為促進台灣東部土地開發及舒緩日本內地的饑荒，總督府積極招攬日本勞工至台灣墾拓移民。為吸引日本農民來台，將移民村營造為日本農村特色，為總督府與民間共識：採用折衷式集村規劃，營造仿似日本民家形式—以土間（泥土地）為生活重心的農工場所。

如花蓮吉野村，聚落宅地面積約為450坪，住宅面積卻不到20坪，留下大量的住宅周圍空地，目的為種植果樹蔬菜、飼養家禽，發揮土地最大效益。公共設施也是移民村的特色，像是移民指導所、醫療所、小學校、神社、傳教所等，解決移民生活各種問題的機構與提供慰藉、交流互動的集會空間。

Type 06

1949年以後

眷村

二戰之後中華民國退守台灣，國民政府為來自中國的國軍及其眷屬興建的村落，主要分布城市中心及軍事設施附近。大部分眷村住宅單位為極克難的磚構造平房，具有客廳、房間、廁所、浴室、廚房等設施。

與其他村落的最大差異，在於軍眷居住區域，村落命名常與軍種背景有關，也有隨處可見的國旗裝飾與反共精神標語，瀰漫濃郁的黨國氣氛。眷村最有特色的是有自治會、佈告欄、水井、涼亭、澡堂、廣播站、司令台等公共空間，反映了相濡以沫、人際網絡親密的生活特質。

Type 07

1950年代

工人住宅

美援台灣展現在食衣住行等各個方面，住宅方面推動工人自力建屋，以求有效利用剩餘勞動力與維穩社會，尤其是鹽工、礦工、碼頭工等底層工人的住居問題，最為棘手。美援顧問引進可就地取材、無須特別技巧即可操作的製磚技術，導引工人自行營造住宅，初期為平房，1960年代以後因應土地密集使用改採二層樓房。

勞工住宅與街屋不同處是不設亭仔腳，猶如軍營般整齊劃一、秩序排列的連棟住宅，昭示著臥薪嘗膽、反共復國的祈願。基隆和高雄碼頭工人的新村入口，更設有中美合作標誌或兩國國旗，以示友好互助。樓房式勞工住宅設置有三合一（浴缸、馬桶與洗手台）衛浴空間，透過先進的物質性設備，為居住者展現衛生現代性的進步。

Type 08

1960年代

透天厝

住居的現代化腳步同步來到鄉村地帶，農村住宅的改革同樣熱絡發展。高層化與去傳統倫理輩份的居住原則，讓示範農宅與農村生活有著格格不入的扞格感。當農村住宅的斜屋頂完全消失時，俗稱的透天厝——鋼筋混凝土方盒子住宅漸漸矗立農田間。

透天厝顧名思義就是可見天的住宅，不若都市住宅喜用磁磚，外牆經常採用洗石子模擬石材或馬賽克磚，降低造價，並依農用需求設有兼具晒穀與晒菜乾等大片水泥空地，平屋頂形式則暗示著家庭人口增加時的可擴充性。

Type 09

1960年代

步登公寓

為節約土地、容納更多人口，都市區域開始積極推廣公寓建築形式。新一批國際合作聯合國顧問團考量人口密度、營建成本與人民還款能力後，建議國民政府興建五層樓以下、免設電梯公寓，開啟步登公寓濫觴，如台北光武新村。此時期的公寓坪數與規模要比今日的社區大樓豪華很多，不僅沒有30%公共設施限制，個別居住單位實坪動輒四、五十坪以上。由於是預設給城市中高階市民居住，不僅室內空間寬敞，甚至配有傭人房、垃圾管道間等服務性空間。以今日眼光看來，除沒有電梯頗為不便外，住宅單位配置算是高規格的居所。

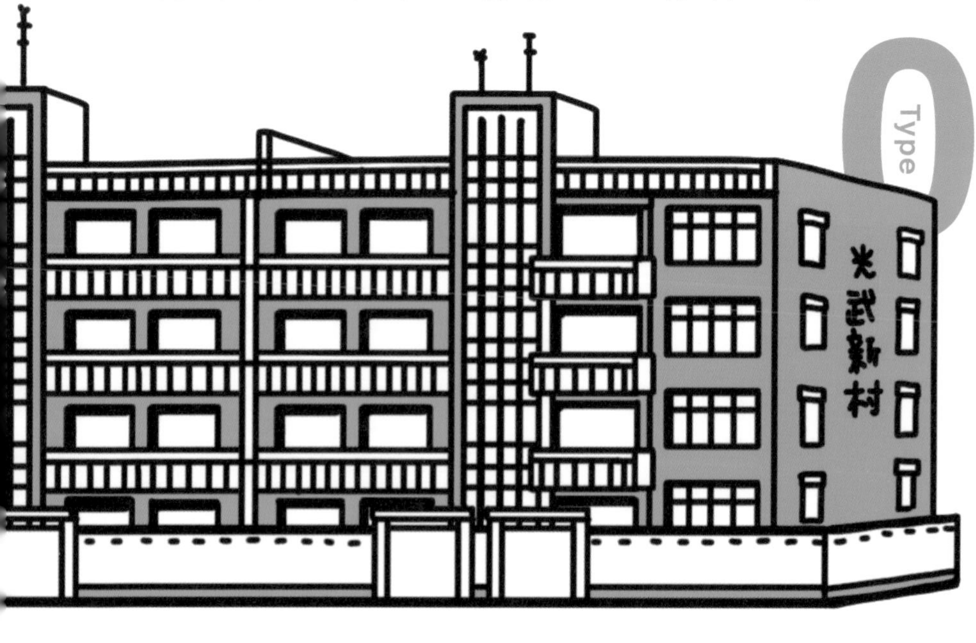

Type 10

1980年代

社區大廈

　　這時期國家開始興建大尺度、多戶數、超高樓層的國宅社區，有別於過去缺乏公共設施的國宅，採取大街廓設計手法的新大廈社區，不僅有優美的中庭花園、人車分道的停車場，還有供居民小孩休閒的兒童遊戲場，展現都市集居的新居住景觀。部分國宅社區如大安國宅，更將傳統文化元素導入設計中，呈現出追尋文化認同與詮釋現代生活的新嘗試。

　　三百年來台灣住宅形式的演變，看似演化不少類型，仔細思量可發現大部分的類型都是近百年開展出來的，恰恰也是台灣不同居住文化激盪最為劇烈的歷史時刻，含括了日本殖民、中國新移民與強勢美式文化的交揉與混合，交織出台灣獨特的住居景象。

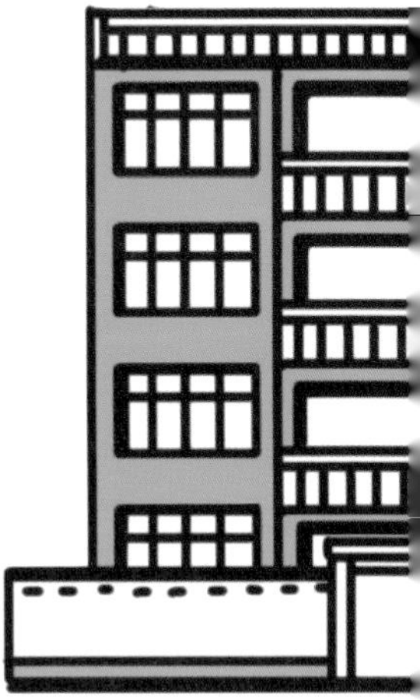

城市家屋

WALKUP APARTMENTS IN CITY

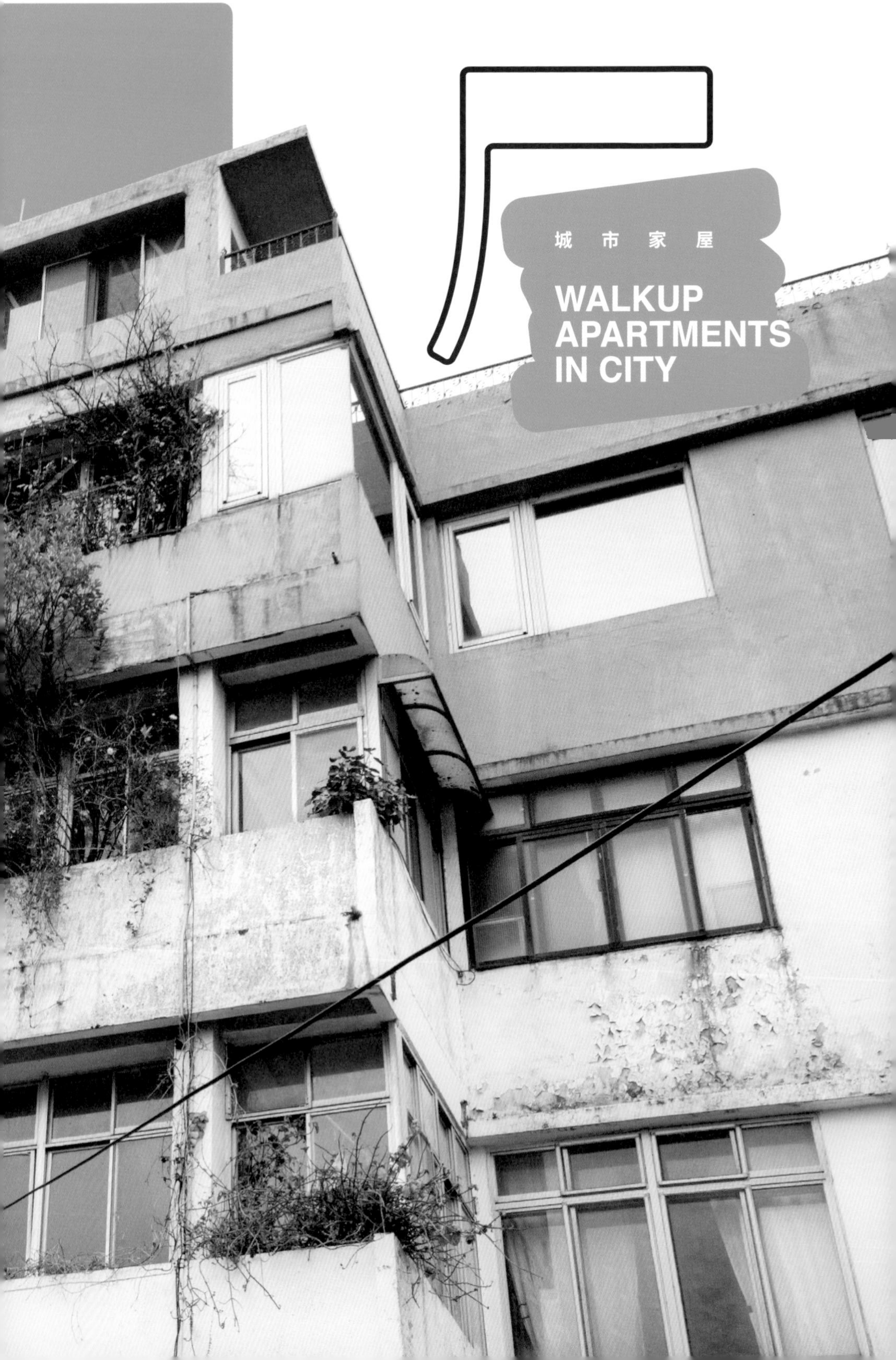

步登公寓的回家式

文字、圖片提供—林君安　攝影—Evan Lin

雨，落著。

南京東路那條公寓夾道的小巷，家家戶戶都貼著春聯和倒福，紅紙吃雨打得一塊白、一塊粉、一團黑、一團金……

——林懷民〈逝者〉

林君安

《台北步登公寓》作者。曾經著迷於古蹟民居，覺得那是唯一美好的人造風土。後來把建築當成了工作，學著去體會與再現當代的地方，同時相信現代台灣的集合住宅充滿了敘事可能。

從高處看新北市與台北市，屋頂有鐵皮加蓋的四、五層樓房幾乎是最常見的人造地景。這些住宅建築稱作台北步登公寓，或四／五樓公寓、老／舊公寓、無電梯公寓等等。在台北地區相當普遍，常常只要講「公寓」，甚至房地產物件標題為「採光美『寓』」，大家就知道了。

有時，相對於連棟透天住宅，住在華廈大樓的人也會說自己住的是「公寓」。似乎也沒錯，因為「公寓」的意思相當於日文裡的「集合住宅」或「共同住宅」，就是一宗基地裡有超過一戶的住宅，共用出入口、樓電梯等。所以，到底「公寓」是單指、還是泛稱？這混沌不清，正顯示了社會並不確定公寓是什麼？從何而來？跟別人的公寓有何不同？

「公寓」在台灣，一開始應是都市裡的屋主將店屋分隔出租，就像香港作家西西講她家裡唐樓隔間、與他人同住的樣態。但那種共居一處的行為是經由分租，而不是

正式的分戶。我們現在所見的現代公寓，是公部門帶頭興建的，當時是為了解決住宅需求，欲取代當時的平房與二層樓房，以「住宅立體化」作為都市住宅現代化的基本想像。

但是，沒有蓋過公寓的國家要怎麼開始蓋公寓？

台北步登公寓的原型來自於20世紀初的社會住宅，起先是德國威瑪政府積極推行的現代化社區，而後拓展為其他歐洲國家的住宅生產模型之一。這些案例經常帶著實驗與示範性質，其建築構想扣合著早期現代主義的發展，體現當時的執政者與專業者對勞工家庭的想像與制約。在某種因緣之下，其中的梯間型雙拼公寓被引進、應用於戰後的台北市，作為公寓式市民住宅的興建樣式；更隨著台北急遽的都市進程，於1960~1970年代間，成為私部門大規模生產的主流類型。

時至今日，雖然，爬樓梯很辛苦，雖然，外牆髒污、鐵窗管線雜亂、漏水壁癌等等令人難受，雖然，就在公寓興建潮的當下，早在1960年代中葉就出現有電梯的新類型，又雖然，高齡住民、土地需求、及防災所導致的都更壓力步步進逼著公寓退場……公寓，作為台北地區高房價、低生活品質的最極端樣本，在這半世紀間，依賴著各種貧困與漠視，還是堅韌地存在著。

該如何不再漠視它？就從回家的空間說起吧。對於台北地區的人來說，回家路上很可能會經過步登公寓的街區。對於住公寓的人來說，上樓回家的過程基本上就是通過那座簡單到不行的樓梯而已。

即使是這樣的回家式，也有一點空間的故事。

即使是同一類型，設計會賦予不同樣貌。上圖公寓採淺陽台往梯間內縮，能稍增加室內採光深度；下圖的外牆，馬賽克手工排貼建案名是當年特色。

SPACE 1

樓梯形式

走上樓

第一是樓梯的形式。現在習以為常的標準是一層樓配置兩段樓梯，中間一塊迴轉平台，大部分公寓的樓梯都屬這種。但，這並不是歷史的一切。當台北市政府開始興建公寓之時，是將傳統店屋裡一道直梯挪到一樓大門邊，當作二樓戶的入口。就像現存的店屋型步登公寓：一樓騎樓店面一側，狹窄的三尺寬開口中，夾著一道直上數層的樓梯──像一口讓人向上探望的深斜之井，不見井口，不見天光，只有末端一道門。這種樓梯總是往上、往後延長，沒有辦法應用在深度不足的土地，卻切合著台灣店屋普遍的長深基地。

對比紐約的街屋公寓：同樣是長深基地、樓梯直上，卻會在各層配置走廊，作為迴轉道與梯間，還可能切出一角加蓋電梯。比較起來，台北店屋公寓的樓梯陡峭直上、無轉圜，僅配置門口平台，那種滾下樓的危險性，著實令人不安。這樓梯設計上的大忌──有樓梯，但稱不上有梯「間」──不知道是不是台灣人的節省習慣，讓上下樓的過程如此單純直率，乃至逼仄不安，終成為台北騎樓邊的獨特空間。

公寓式市民住宅在1957年開始，運用現在的標準樓梯形式。梯間變寬了，成為對稱立面的中心、立面設計的重點，不再是勉強塞在一側的功能性空間。除了上樓的過程較為安穩舒適，樓梯與大門都在每層同一位置，因而住宅平面得以充分複製，促進大量生產的機制，也奠定梯間型（hall type）的類型基礎。

梯間形式

準備開門

第二是梯間的半戶外性。1957年的公寓式市民住宅的梯間設計成半戶外，敞通開朗，是後來少見的。當年的透視圖呈現了植栽豐富的前院、人行道邊一整排椰子樹，似有營造南國風味的意圖。梯間在一樓入口不設大門，在二、三樓開口延伸出立面，成為懸挑的公共陽台。弧形陽台前緣設圓管、扁鐵組構的欄杆，所以當人站在家門口，身邊沒有什麼擋風擋雨、潦草開窗的牆面，而是往外延展、通透開放的陽台。房子本身面積小（10.26坪），反而沒有前陽台，只有後側廁所外面設有小晒衣台。

想必這樣開放的梯間與公共陽台，並不適用於竊盜猖獗的台灣，之後不少步登公寓的梯間是以水泥花磚為外牆，是經久實用、花樣多變、遮陽通風又防盜的解法。這些

半戶外梯間除了是動線必經之處、公與私的過渡，也是室內外的中介；進了梯間，並不意味著決絕的室內外隔離，而是回家過程的一個段落、一種日常的儀式。

後來多數台灣住宅梯間都改成室內形式，理由也許是多雨多颱、灰塵過多、清潔維護費用拮据……等等，結果衍生燈光與空調管理問題，甚至造成使用者為了通風，打開常閉式逃生門，影響防火安全。這是唯一的方法嗎？在終年炎熱多雨的新加坡，不少高層住宅依然採用半戶外的梯間與走廊。就算颱風是個原因，半戶外梯間這件事總是提點著：日常經驗將塑造出在地的身體感，和不辯自明的空間文化。

SPACE 2

踏進家門

家門位置與陽台

第三是住戶大門位置與陽台。台北步登公寓由梯間進門的位置主要有兩種，一是人在梯間的陰暗處轉身上樓，在日光較充裕的地方掏鑰匙開門，從陽台一側進門，拉開落地窗，再進入客廳；二是從建築平面的中段，通常會直接進到餐廳與客廳之間的區域。這兩種形式所造成的空間經驗是相當不同的。

經過陽台的作法顯然更符合在地的空間傳統，不論是原住民、漢系或日系的家宅，都有著進屋的韻律，基本上都是由戶外往室內，由簷廊向廳堂。在多日照多雨的氣候下，遮陽擋雨的陽台同時是室內外的中介，類似簷廊、土間或玄關，是招呼行禮、脫鞋、放置雨具之處，是由淺入深、由亮至暗，是自家人與外人、種種身體動作與人際儀式發生的地點。

可惜，這個美好的亞熱帶空間在台灣公寓的使用上，經常被外推加蓋，消失了。

SPACE 3

在公寓中，消失的還有什麼？

對多數人來說，公寓是不堪入目的建物，是城市快速擴張的過程中被隨便蓋起來的。例如，朱天心的〈古都〉：「你帶女兒去你們童年瘋野的山裡，吃驚它被連綿的五六幢醜公寓給吞噬到僅剩一小山巔，幾步路就可輕易跨越它。」、「例如搭乘你曾誓死不搭的捷運，三層樓的車行高度，所有醜怪的五樓老舊公寓當場被削去大半，立時變回了平房的那個時代，天空因此大量的露出來，竟有曠遠之意。」其實，不少步登公寓蘊含著設計韻味與營造工藝，只是厚厚的塵垢與凌亂潦草的加蓋改造，往往遮蔽了所有，好的和不夠好的。

終究，美感的產生，不管是創

陽台的使用是大哉問，但以普通玻璃窗加蓋是溫帶國家創造溫室的作法，只會讓室內更熱。

造或享受，都來自於生活的餘裕。戰後在台灣的那幾代人、以步登公寓為首購新房的那幾代人，為了生存、為了預備未來，不免總是汲汲營營，每日記掛著標會、房貸與定存利息。步登公寓跟著他們一起，達成基本的功能、家庭的延續、樸實的生活……今昔的公寓只是顯現今昔的我們，不同的匱乏。

當下有許多人苦思著公寓與都市的窮途末路，我常想到某位水墨名家的小品，簡單描繪著背光之下，姿態秀美的草木與花窗；題字「陽台盆栽，都成墨影」。很普通的家常靜物，卻召喚出公寓生活的片羽——此般韶光的餘裕、日常的觀想、心靈的情趣，希望是步登公寓那久遠的年代、這卑微的存在，可以提醒我們的。

觀看，獨棟建築的住宅意識

文字、圖片提供｜長短樹鄉村研究所

「我們期望建立一種觀看方式，讓觀者凝視這些滿佈在鄉村的住宅類型。」

當帶著跳脫價值判斷的眼光，和具有空間意識的研究方法，鄉村裡普遍可見的住宅建築，就不僅是有著鄉愁和生活況味的長輩住家，而是能層層剝出其背後的時代流變和住宅文化個體。有些人，正試著以住宅類型，閱讀城與鄉之間的關係。

長短樹鄉村研究所

鄉村不該被視為都市發展擴張的前身，兩者應該能互惠共生，交流彌補彼此不足。研究所基於上述理念成立，整修台南後壁的老透天厝作為基地，以生活住宿、鄉村紀錄、空間設計三個面向實踐。

〈臺灣鄉村代溝空間類型研究〉共同參與研究者：尤賀、朱弘煜、吳其融

〈臺灣鄉村獨棟透天住宅類型研究〉共同參與研究者：洪巧臻

鄉 村 家 屋

HOUSES IN RURAL AREA

Q1

能否簡述鄉村家屋的類型和其背景脈絡？

A

台灣地狹人稠，都市化程度高，住居類型與人口密度、土地利用方式息息相關。鄉村地區長期以來發展較緩慢，住居類型單純且不易變動，討論起來相對於都市容易。我們初步將台灣鄉村家屋歸納為「傳統民居」、「連棟街屋透天式」、「獨棟透天式」三種類型。

它們不僅在外觀上有顯著差異，在構築材料與構造方式也相當不同。「傳統民居」指的是偏向使用地域材料，如土磚、紅磚、石塊、竹木等材料構築，並與傳統民族文化有深厚連結的家屋型態，屋齡50年至１００年皆有（本文單指廣泛出現於嘉南平原的合院類型）；「連棟街屋透天式」、「獨棟透天式」則是歷史中不同時期逐漸受西方現代化生活的影響，伴隨構造行為與材料轉變所演進的類型，台灣鄉村普遍出現的類型，至今屋齡平均約40年左右。

Q2

為何選擇其中的「獨棟透天式」類型，作為首要研究主題？並採用類型研究方式？

A

起因是因為我們本身就住獨棟透天式，為了改造它，曾花一段時間測繪與理解。其實它本身並不那麼具特殊性，因為鄉野間放眼望去，四周充滿這種類型的住宅。乍看之下，它們的規模大小跟外觀有不少相似之處，但若再仔細比對，就能發現微妙的差異，這種相互比對的異同引發我們的興趣。

在不預設價值判斷的狀況下，我們嘗試建立一種辨認與歸納它們的方式，好比是一種閱讀指南。以類型學觀念來整理與繪製圖解，是我們相對熟悉的方法，圖像表達也是較容易與大眾溝通的工具，我們透過歸納簡化個體的要素，用來彰顯彼此的異同。

此方法的其一迷人之處，在於指認那些無法被歸納的「例外」，對我們來說像是捕捉到奇珍異獸般興奮，或許為數不多，卻可能是這類住宅中具建造精神與展現美感的家屋。畢竟傳統民居的美與文化意涵，大家皆可以理解且推崇，但對於同樣是佔據鄉村普遍景觀的獨棟透天式住宅，往往受到忽略甚至貶低其價值。當時想著，或許用這樣的觀看整理方法，大家說不定可以重新理解它們。

Q3

去年的研究主題是「代溝空間」，能否為讀者說明研究核心？

A

「代溝空間」是我們發明的詞彙，是延續獨棟透天式住宅類型的研究命題，我們認為要討論鄉村住居狀態的流變，除了討論獨棟透天式住

獨棟透天住宅類型

在典型透天住宅（Typical，簡稱T）中，面寬與深度是決定平面構成的兩個主要因素。而不同時期在建築物不同部位的增建（Extension，簡稱E），則是讓相同類型的建築外觀產生差異，與改變平面格局的主要因素。

我們建立一種簡易編號系統來分類命名，舉例來說，典型透天住宅面寬1跨距、深度3跨距，有局部增建，就會命名為T13E；面寬2跨距、深度3跨距，無後續增建則命名為T23，以此類推。

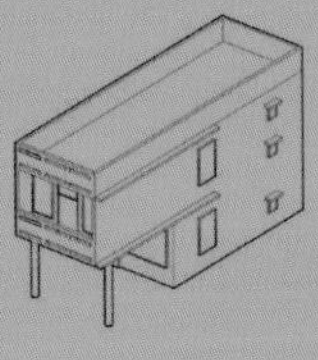
T13-01

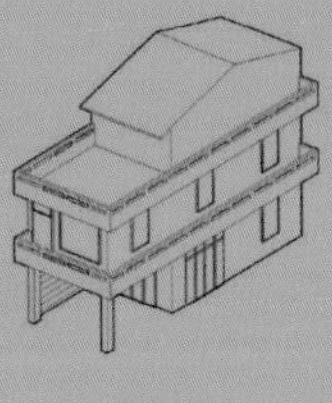
T13E-01

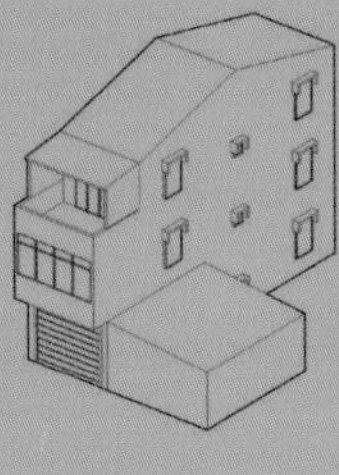
T14E-01

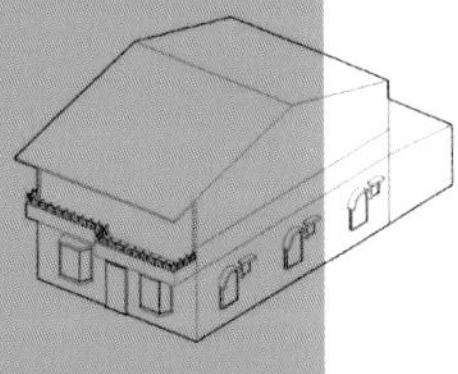
T23E-02

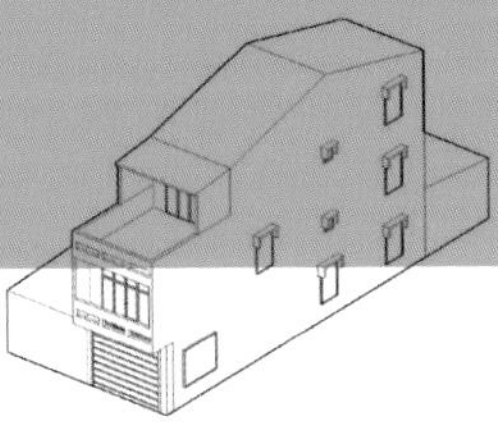
T14E-02

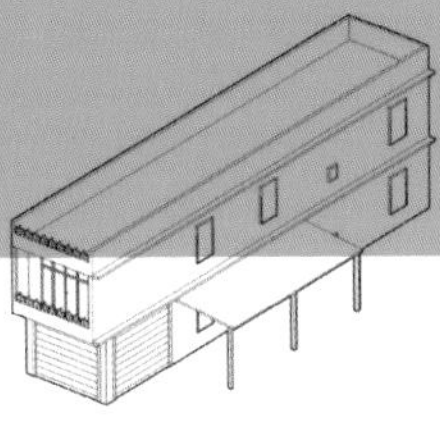
T15E-01

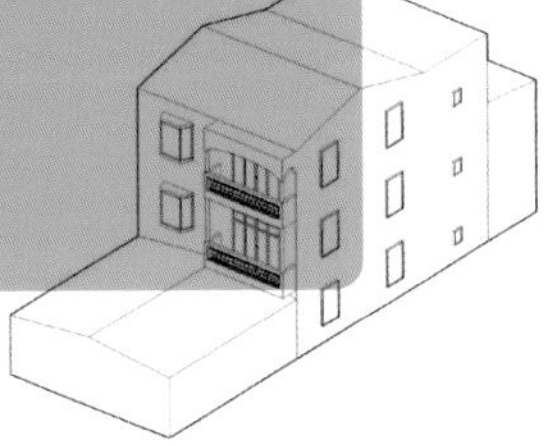
T23E-04

宅類型外，也應該回看台灣鄉村現代化的過程中，住居類型轉換如汽車、電視與新式廚房、廁所等西方現代物造成生活習慣的轉變，再加上建築技術的進步，曾經在過去造成鄉村一波現代化發展。

以嘉南平原鄉村聚落的調查範圍中，只要土地腹地夠大，不少傳統民居（第一代家屋）與獨棟透天式住宅（第二代家屋）還共存於同一塊基地上。它們各自擁有自己的正面，並置在同一土地上而沒有一定的排列方式。

根據我們調查發現，其組織邏輯往往和土地大小與臨路狀態有關，普遍而言，第一代恪遵風水方位，與合院自身配置格局限制有關；第二代多半考慮汽車使用與進出行走方便，與動線關係密不可分。

兩代住宅間共同夾出的空間我們稱為「代溝空間」，這空間小至幾十公分寬的夾縫，大至幾米寬的小廣場。基於使用的便利性，居民往往在其間搭起輕鋼架系統的棚架，因為兩代家屋的高度、外觀與構造皆不同，輕鋼架系統不僅可以快速構築，亦可以適應不平整的建築物邊緣，因而產生複雜多變的拼貼式建築外觀，恰恰忠實地反映了鄉村居民以功能為主、美觀其次的生活態度。

它大多是半戶外空間，但也有不少包覆成室內空間使用的案例，可能是停車區、雜物儲藏區、挑菜閒聊與鄰居互動的休憩空間，甚至積極地成為半戶外的廚房或用餐區。隨著時間被賦予不同的使用功能與意義，代溝空間成了兩代家屋空間使用的延伸，模糊了原本室內外一刀兩斷、過度清晰分界的性格。

我們在後壁地區採集超過一百組案例，透過內部的討論分類，定義何謂第一、第二代住宅，以及「代溝空間」，排除那些看起來很像卻屬於變異的類型。基於兩代家屋互動的方式，我們整理出五種關係：「並置」、「取代」、「佔領」、「取代＋佔領」、「變異例外」，這五種關係不同於獨棟透天住宅研究時僅著重於單體建築物之間的異同，更在意代溝空間、合院院埕與兩側家屋的組織關係，它們

提供家屋隨時代流變的線索，我們針對每種類型挑選一個代表性個案訪談，深入記錄與理解。

我們發現兩代家屋的平面構成與空間格局，對外部皆保有一種封閉性，積極利用代溝空間則有機會引發兩代家屋互動，活絡了兩代家屋間消極而存的空間，甚至成為家居活動的新場所。

Q4

請分享研究訪談多個案例後，認為鄉村家屋建築背後，所透露出的社會思維和變遷？

A

基於案例訪談以抽樣方法進行、且數量有限，我們不敢說訪談具有整體社會發展趨勢的代表性，但是我們在個案比對之間有發現一些現象。

空間使用上，因鄉村人口流失與老化的進行式，導致不少兩代家屋都只有一層的部分空間被完整使用，滿足年老住民生活起居基本需求，而大部分的房間都是儲藏或閒置的狀態，後輩們多半在鄰近的都市居住生活；橫跨數十年的家族成員流變，也讓不少受訪者談到家族分家分產與土地分割等，影響家屋使用與變形的現象。

一、二代家屋

第一代家屋

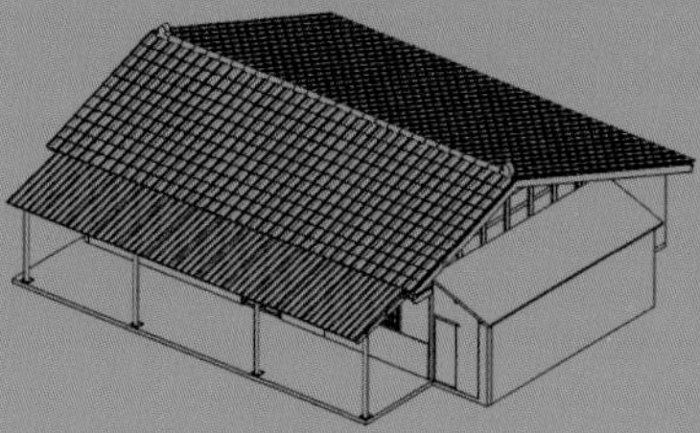

合院式民居是鄉村地區主要傳統民居類型之一，自明清開始出現在台灣，二戰後建築技術提升，以土磚、木頭、竹子與磚混構而成，更替數次，現存第一代家屋約有50至100年。建築構成與配置反應傳統倫理關係，有清楚的中軸線，中心為祖先廳，左右依序反應家中使用者的位階。

第二代家屋

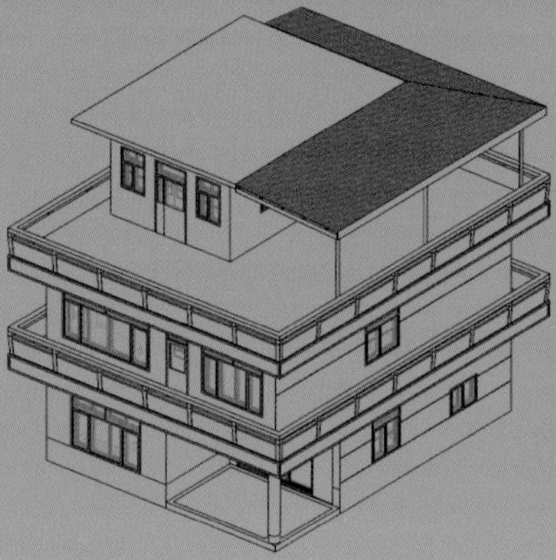

自1970年代起，在台灣整體經濟環境逐漸變好的狀況下，獨棟透天住宅開始在鄉野間大量林立，至今存在約40多年。

主構造系統為鋼筋混凝土與紅磚，高度一般為兩層，平面格局為美式生活風格橫向移植。

精神層面上，大部分第二代家屋的興建只要土地夠大，不會輕易拆除第一代家屋，若必要會先取代左右護龍，院埕其次，最後才是正身。對於有神明與祖先廳的正身與傳統空間的尊重，算是符合訪談前的原先認知。但我們也發現非常極端卻有趣的案例：一條龍五開間的合院，屋主把中間三開間完全拆除，以輕鋼構造蓋了一棟跟原來合院格局一樣的雙層住宅，旁邊原本的兩開間被當作倉庫使用；也有三兄弟分家切割土地緊鄰而居，而將原本的一條龍祖厝切分成三段、搬移到各自蓋的二代宅旁邊當倉庫或廚房再利用，祖厝或正身被切割與搬移的方式保留下來，著實開了我們的眼界。

Q5

鄉村家屋這類無名建築，在鄉村和都市發展中扮演什麼角色？

A

在東西方主流建築史中，無名建築的記錄與研究討論屬較邊緣的範疇，卻總有一群研究者持續挖掘記錄與討論，其廣度不限於建築領域，亦延伸到以民族學、人類學觀點來討論，而具有非計畫性特質、反映場所與文化的鄉村家屋與常民構築亦包含在其中，它們受到資本化、政治權力影響相對較低，因而能更誠實呈現最初的需求樣態，也是種基礎的生活慾望形式展現。

記錄與討論它們，是否有機會更進一步釐清台灣鄉村在現代化進程中的分叉點與關鍵轉變，又或者身為空間創作者的我們，該怎麼以個體性的空間回應這樣的集體性文化，進而脫離鄉村總是被以鄉愁式的看待方法討論。至於都市則屬於比鄉村更複雜的命題，但是某些性格或許是相似的，例如都市亦存在屬於自身非計畫性的無名建築類型，與大量且重複出現的家屋格局。

我們總認為，城鄉之間不應該是一種線性的進程關係，鄉村不必然逐漸都市化。應該像是互補關係，讓我們能穿梭在兩者間相互比對，共同拼湊出一個台灣整體的樣貌。

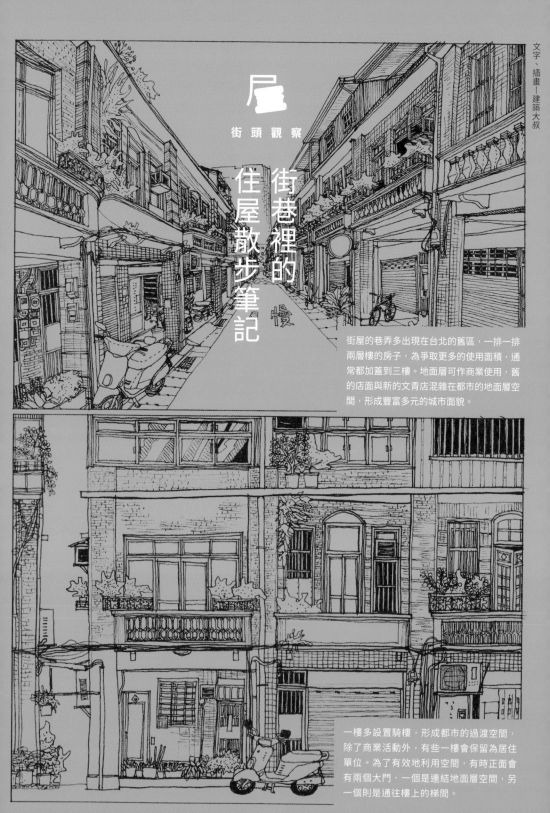

屋

街頭觀察

街巷裡的住屋散步筆記

文字、插畫｜建築大叔

街屋的巷弄多出現在台北的舊區，一排一排兩層樓的房子，為爭取更多的使用面積，通常都加蓋到三樓。地面層可作商業使用，舊的店面與新的文青店混雜在都市的地面層空間，形成豐富多元的城市面貌。

一樓多設置騎樓，形成都市的過渡空間，除了商業活動外，有些一樓會保留為居住單位。為了有效地利用空間，有時正面會有兩個大門，一個是連結地面層空間，另一個則是通往樓上的梯間。

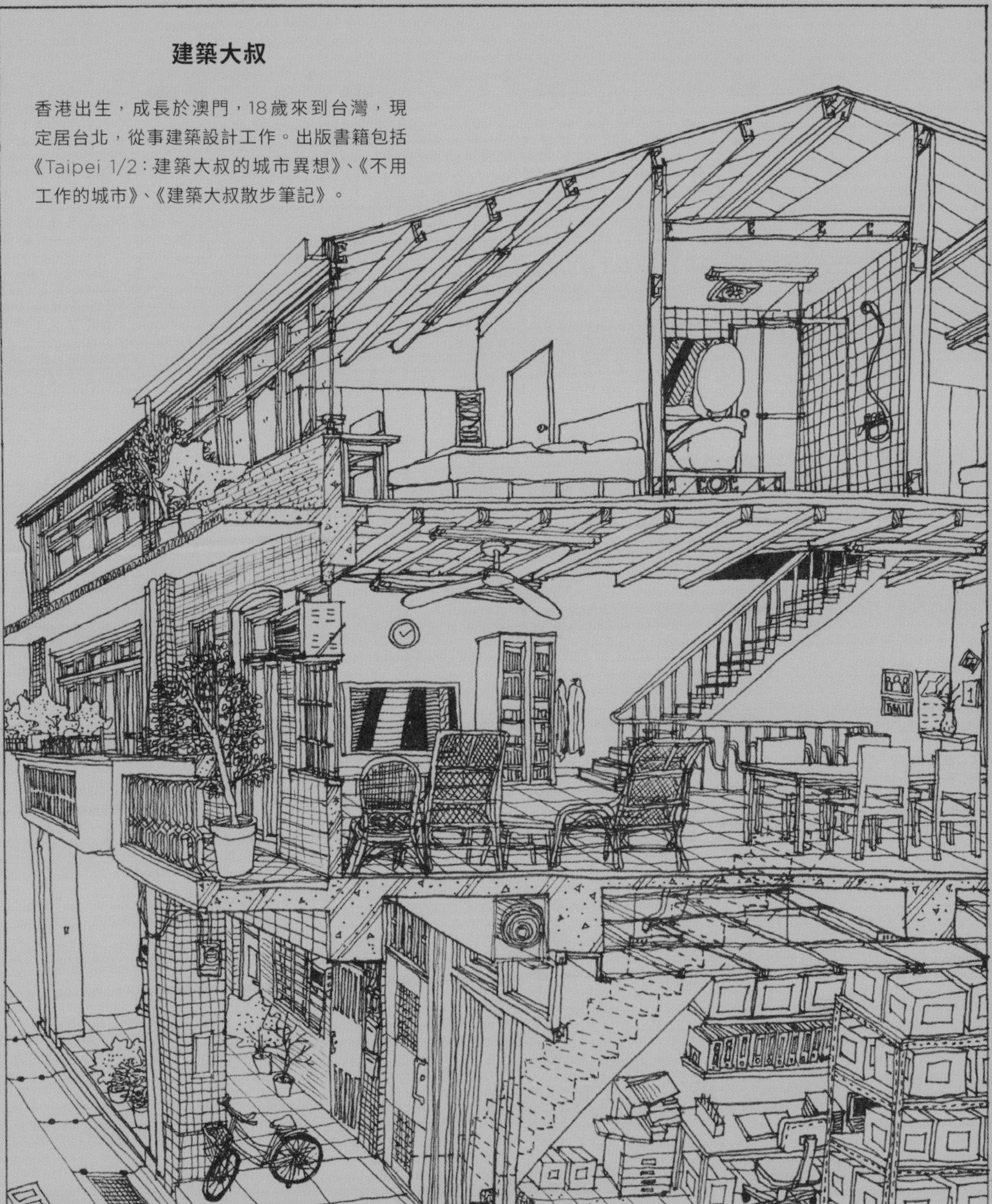

建築大叔

香港出生，成長於澳門，18歲來到台灣，現定居台北，從事建築設計工作。出版書籍包括《Taipei 1/2：建築大叔的城市異想》、《不用工作的城市》、《建築大叔散步筆記》。

除了有些街屋已整幢改建為商業或活動機能外，大部分的街屋二樓保留為居住空間，配置客廳、廚房、餐廳等較公共的機能，若配合陽台，本身的空間品質頗佳。三樓加蓋部分多配置臥室等空間，或以整層或分隔套房的方式出租。

公寓為另一種台北常見的生活模式，一般為四至五層樓沒有電梯的住宅建築，在都市中與六至七層、有電梯的華廈混雜而生，配合大量台北的單行道與小公園，是一種舒適的都市尺度。

公寓的一樓除了可以配置一般的店面外，由於平面面積比街屋大，很多幼稚園或更大型的商業機能也可以進駐。雖然公寓二樓及以上大部分是居住為主，但由於沒有嚴格的管理措施，形成很多公司會選擇公寓作為辦公空間使用。

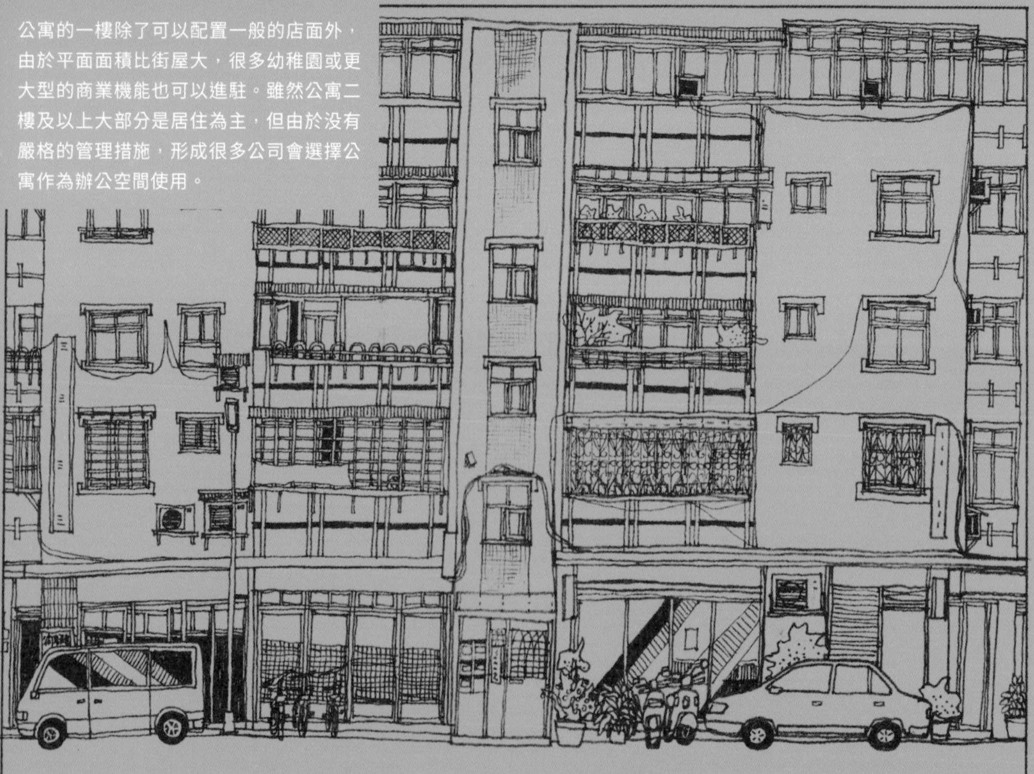

傳統上以樓梯作為垂直動線的連結，屏除沒有電梯對老人較不方便等因素，公寓通常都有較大的陽台空間與較高的天花高度，雖然大部分陽台都被外推成為室內空間，但公寓的多元性與改造的彈性依舊是大樓所無法取代的。

在都市使用分區，建蔽率與容積率的推行下，住宅大樓是現在建設公司推案的主流產品，配合現行都市審議等制度下，寬大的人行道、阻隔非住戶的社區圍牆、精細的景觀計畫，形成了單一使用機能、品質至上的新形態都市空間。

在以面積計價的產業文化推使下，形成大量重複性的生產動作，較小尺度是立面開窗的不斷重複，較大尺度更是每幢大樓都長得一模一樣。

大樓的優勢是將生活機能整合，配合管理維護措施，給居住者安心的居住條件。同時大部分地下室都配置停車場，住戶們從地面層或地下層搭乘電梯回家，快速便捷的居住方式，加上舒適的室內生活空間，形成了現在居住者選擇的主流。

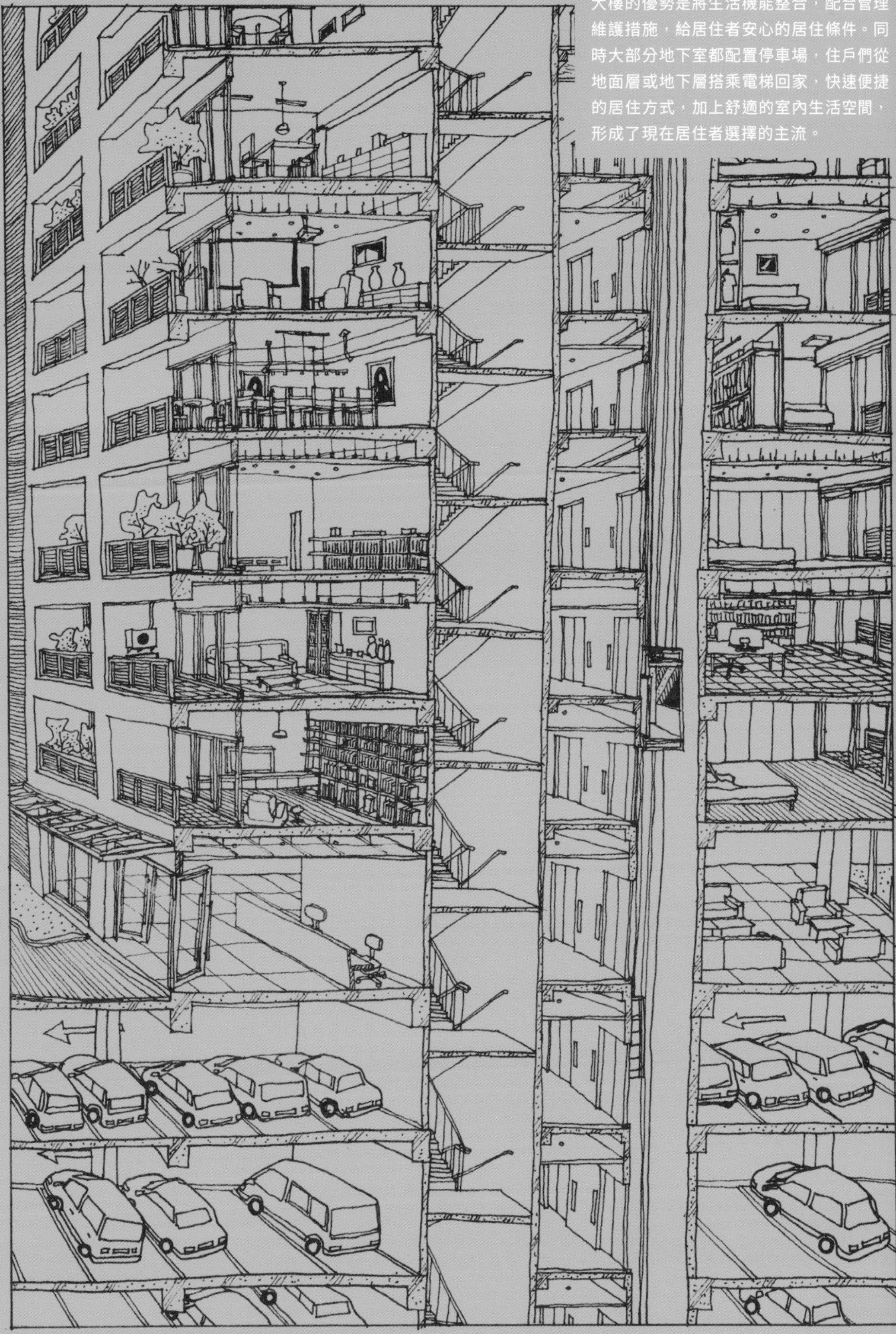

家屋現在式

家的面貌再定義

家人，

是使住宅建築成為家的核心元素。

傳統的家人認定，

是有著血緣關係的親緣者，

但在人生各式階段中，

Friday

人的歸屬不一定等同於家庭。

宇馨

時刻能接住別人或被別人接住，在更大的流裡，感受到自己與他人的連結，家會不斷隨著經驗擴大。

樹杰

最理想的家就是這樣的，發自內心的溝通、互動，傾聽需求、互相理解。

HOMES REDE

都有可能遇見性情相契合、理念共同者，相處至深往往形成類家人、甚至超越家人的情感關係，讓他們願意共同自組家園生活圈，打破家人就是親緣血脈的認定。

光爸

我覺得家最重要的功能：支撐每一個家人。

珮綺

可以選擇和夥伴共同生活，打造出自己當下喜歡的生活方式，不管住在哪邊，那就是家。

柯柯

「家」可以是任何形式，現在我也沒有答案，但我會願意去嘗試各種不同的可能性。

TO HOME

家的可能式 1

FROM HOUSE

獨棟透天住宅·同學

以好玩為最高原則，一起假鬼假怪、慢慢變老

文字—曾怡陵　攝影—施清元

兩年多前，一棟岩灰色五層樓建築在基隆一處透天別墅區落成，在一脈淡暖色的社區裡成為顯眼的存在。鄰里謠傳，是父母買給親兄弟住的。其實，這五位男主人毫無血緣關係。當中有人經營3C產品買賣、建材貿易，也有攝影師和廣告創意總監。他們在生活上相互扶持、一同出遊，還發展出品牌「伍個人」的濕紙巾和制服，約定要用好玩的方式相偕到老。

1 四樓廚房的隔間拉門塗上黑板漆，是鄭伊珊記錄食譜、張貼旅行明信片的地方。 2 住戶間共煮共食是常態，當中有他們評為米其林等級的大廚，也有被笑稱是「普利司通」等級的廚師。

建築外觀灰樸簡約，內部是一層樓一世界，以陳設和用品將不同主人的個性具體化。例如一樓有色彩鮮亮、造型流線的沙發組，二樓視線所及都有嚴格的灰階用色規範；五樓的郭宗哲喜歡健身，因此通往浴室的夾道上設計一排健身吊環。即便喜好各異，但彼此相處的頻率卻特別契合。二樓住戶王正毅說：「住一起這件事最大，如果很多事情都要求完美，那就不要選擇住一起。」

住太遠？那就一起買地、蓋棟樓

五位男主人在唸二信中學廣告設計科時是死黨，一起把妹、到KTV打工。畢業後忙著衝刺事業，疏於聯繫。30多歲在社會上扎穩腳步後，開始以一週三、四天的高頻度到王慕巖、鄭伊珊夫妻家中作客。

王正毅離王慕巖的家最遠，原想找鄰近的房子，王慕巖一句「就買地蓋吧」，為五戶人鉤織更緊密的緣分。地還沒買，這群「假鬼假怪」、「動不動就慶祝」的人還飛了趟印尼的民丹島歡慶同住，狂歡到把酒吧的酒喝完。

「後來我們遇到一次危機」，王正毅說，買到地也確定住戶後，王慕巖覺得四戶的居住面積比較適中，但在建築物容積率的規範下須減少一戶，建議自己退出，讓大家惶惶不安。鄭伊珊說：「我們原本的家走路一分鐘就到了，所以該是我們退。結果沒人同意。最後決定還是五戶。」

簡單，是大家對建築風格未曾明言的共識，也因為大家個性隨和，一切以「毛最多」的「視覺總監」王正毅說了算。房子從設計到落成費時6年，起初的設計太像公版，他們找了大量圖片跟設計師討論。建造執照核發後一度因為施工面積小，在基隆難以找到願意承接的建商，加上考量地下停車場施工的安全性，花了時間找到可靠的建商並翻新設計，才又重新申請建照。

具有共同基地、空間或設備，並有三個住宅單位以上的建築物屬集合住宅，他們依法推選鄭伊珊

為管理委員，將管理維護相關決議做成會議紀錄，並設立公共基金，推派五樓的趙秀慧當會計。王正毅說：「我們五人唸書時都有把班費拿去看MTV的紀錄，不能管錢。」眾人哄笑。

認真幹傻事，生活痛點成創意新芽

過去，他們會在各自家裡用WhatsApp瘋狂聊天，常是洗個澡出來已累積數百則訊息，也常相約吃飯、打保齡球、唱歌。「但住在一起，反而出不了門。」王正毅說是因為每件事都變得新鮮，天天都像度假。直到有天他提議去兄弟大飯店吃港式飲茶，大家才驚覺原來足足有一年沒有踏出家門吃飯。

聊起實際入住與想像的落差，王正毅覺得是「變得更忙」，鄭伊珊直拳吐槽：「嘴巴說很忙，但所有的東西都是他提議的。」因為活動太多，烤肉對他們來說，已被歸類為「有點無聊，等下就可以去」的等級。曾因為想釣蝦，又不想去釣蝦場，他們索性掀起庭院的水溝蓋，放蝦子進去釣。結果覺得水溝太小不過癮，還動手打造一個大池子。他們也舉辦下酒菜比賽，並費事地設計海報，貼在電梯裡。王正毅說：「叫我們認真去做正經事，做不來，我們會很認真幹傻事，很誇張的那種。」

大家滿溢的點子在三樓住戶、也是跨國廣告公司北京創意總監

3

1

2

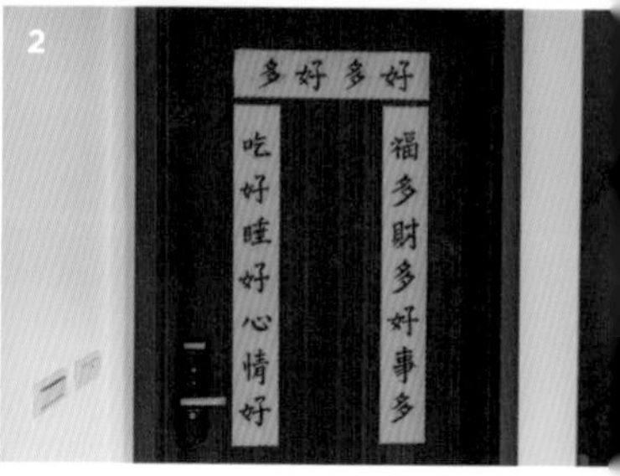

盧堅凱眼中，成為新事業的芽點，他提議將之孵化成產品，誕生「伍個人」公司。產品從生活的不便出發，例如一般的拖鞋只能從一側穿脫，於是設計方便兩側使用的拖鞋，其他產品也正陸續開發中。王正毅燦笑：「我的困擾是當我認真講話就沒有人要聽，但我隨便講的時候，大家會很認真，所以我必須要用這種方式激勵他們。」

沒有理所當然，關係才能長久

住一起的附帶好處是生活更便利。一人出門可以幫其他人採買；煮飯時缺了什麼，在Line群組問一下，大家就把東西送上門。一樓住戶林沂郁說：「現在感覺多了很多兄弟姊妹，隨時都有援手，很多事不用靠自己解決。」像是三餐可以輪流準備；東西壞了喊一聲，其他人也會一起想辦法。

去年男友陳國隆因在中國拍片不慎骨折而返台休養，當時林沂郁還在上班，其他人就支援陳國隆的照護。林沂郁肯定朋友同住的優點：「現在都是雙薪家庭，如果一人有事故，另一人可能得請假照顧或請看護，我們就不用，也少了很多『擔心拖累家人，怕家人太擔

1 三樓盧堅凱是大家口中的「酒鬼」，家門口還放了啤酒品牌的燈飾。 2 每一戶自己手寫的春聯，展現每個人對幸福的定義。 3 一樓陳國隆是自行接案的攝影師，身後的工作桌還能變身住戶們的狂歡舞台。 4 五樓女兒郭雨玟的房間採雙層設計，上層是床、下層是依據身高打造的衣櫃。 5 四樓的廚房層櫃有一系列鄭伊珊蒐藏的城市杯。

心』的心情。」

從2018年底入住至今兩年多，相處上必然有摩擦，但唯一一次相對清晰的事件已然隨時間失去細節。鄭伊珊問郭宗哲：「那時候你為什麼跟我吵架？」其他人不耐：「那沒有到吵架」、「妳就講話比較大聲而已。」鄭伊珊接著說：「其實意見不合的時候很少，我們共同的習慣是不把他人的好視為理所當然，會彼此尊重；比方他給我喝杯咖啡，我就覺得他對我真好。」

被問到如果再蓋一次想怎麼設計？大家異口同聲說：「永遠可以有更好的，只會越蓋越漂亮！」而若能重新選擇，也是同聲說想同住，理由都是「有趣」，不過大家也覺得未來的事很難說。鄭伊珊認為，當大家不覺得現狀會恆久不變，才會花心思維繫。

對於以後的發展，他們沒有太多設想也不設限。若有新成員加入，生活的元素就會不同。他們也透漏三樓住戶盧堅凱的酒後狂想，說算命師篤定他會賺6億，要買個島讓大家住。未來，不管共住形式、成員怎麼變化，肯定的是，他們會帶著玩心、一起走下去。

住戶間時常分享食物，並把感謝存在心裡，不把其他人的付出視為理所當然。

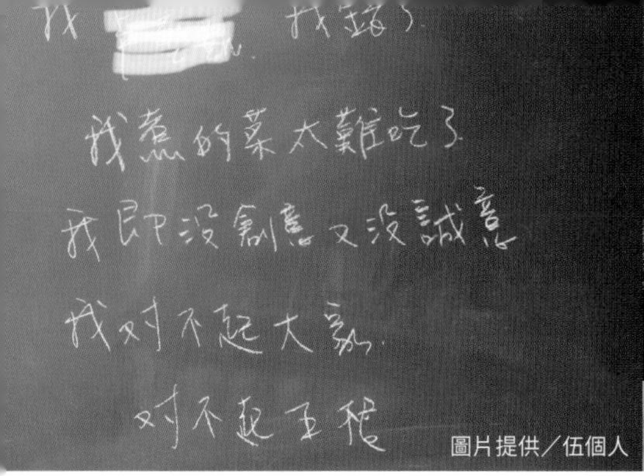

圖片提供／伍個人

圖片提供／伍個人

家

共織

互動

為年老做準備的團體照

去民丹島度假時，陳國隆想到曾看過美國一群朋友每年都會拍攝團體照，累積幾年就可以看到彼此的變化，提議也如法炮製，等大家年老時，可以用來慢慢回味過去的點滴。最明顯的變化，是2018年拍攝時三樓住戶周楠還懷著老二，現在小孩已經2歲了。

搞死自己的跨年活動

林沂郁說，過去他們都在家裡看101倒數，覺得無趣，決定辦屬於自己的活動。每一年12月31日大家都會團聚，在此之前，他們會將過去一年蒐集的素材集結成影片，在跨年夜當天播放。2019年拍攝第一支影片，記錄了房子動土、施工等階段；還將攝影器材放在戶外，讓每一樓層輪流亮燈，搭配倒數。鄭伊珊直說：「每年的倒數還要不一樣，搞死自己。」

圖片提供／伍個人

圖片提供／伍個人

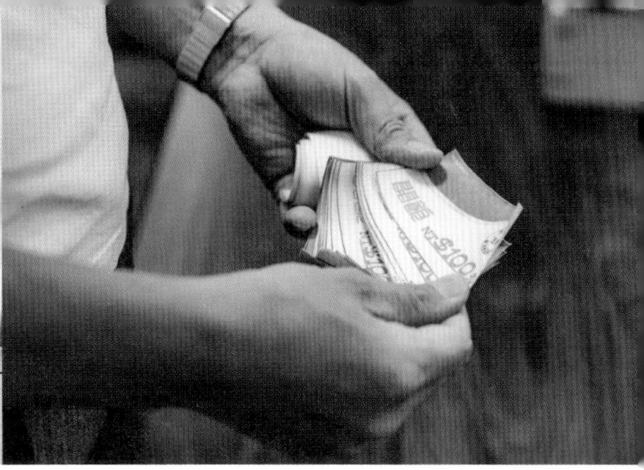

有殘酷罰則的比賽

有一陣子大家瘋迷韓劇《梨泰院》，提議舉辦下酒菜競賽。勝負名單由投票決定，最後一名的懲罰是必須頭戴鍋蓋，去附近的7-11宣讀道歉文：「我錯了，我煮的菜太難吃了……我枉為五根人……」。後來覺得太殘忍，改以錄製道歉文替代。也曾舉辦過畫畫比賽，由王正毅的黑白抽象油畫勝出。

敲碗續辦的二手市集

剛搬家時，大家整理出很多用不上的物品，王正毅就隨口說不如辦市集，沒想到大家開始認真發想，辦了兩次市集。第一次是自家人和親戚在車庫交換二手物品，之後在熟識友人和臉書粉絲專頁「伍個人」的粉絲不斷敲碗下，又擴大舉辦第二次市集，聚集成30攤的規模。

無疾而終的飯票

因為覺得常常吃別人東西不是很妥當，鄭伊珊提議做飯票。後來飯票還變成內部流通的現金，成為賭博的籌碼。有一陣子陳國隆沒拍戲，大夥就去他們家吃飯，讓他們賺了不少飯票，鄭伊珊說：「後來陳國隆去拍戲了，他女朋友（林沂郁）就在家把飯票輸光。」但飯票只施行一兩個月，就被這一群難以規範的人捨棄。

家

01

林沂郁

過去和家人一起住在基隆的公寓約30幾年，與現在住家只有5分鐘車程的距離。

對她而言，以前鄰居只是點頭之交，即使母親會跟鄰居交流食材，但人與人的互動不如現在密切。搬離原生家庭後，覺得「太自由了！而且以前我家只有哥哥，有些事情也不好商量，要找朋友也不可能每天找。現在彼此之間什麼話都可以說，而且什麼事情都可以一呼百應。」前些日子男友陳國隆工作上的朋友來訪，因為人數比較多，大家拿酒的拿酒、拿肉的拿肉，還幫忙招呼客人，讓他們兩人不致於應接不暇。此外，各樓層的門常不關，大家暢行無阻。若有人要出遠門，其他人也會幫忙照顧貓。

02

王正毅

小時候住基隆的華廈，出社會之後搬到家裡另一處在基隆的社區公寓，待了10多年。因為大部分時間都在台北工作，目前住家的距離比以前還遠，所以算是捨近求遠，對他而言，可以跟朋友當鄰居是最大的優點，勝過其它考量。以環境來說，之前住的是800戶的社區，而現在這一區幾乎全是透天住宅，很少公寓，所以人口數少，出入分子相對單純。

妻子彭麗靜補充，未來家屋應該會走向朋友同住的形式，大家都屬同一輩，所以不管是溝通方式、生活習慣、價值觀都會比較相近。

03

圖片提供／盧堅凱

盧堅凱

小時候跟家人住在基隆附有庭院的教職員平房宿舍，離家後住華廈15年。

認為現在住屋成員的關係不像同學，比較像家人，「而且大大小小的事情都是可以商量的。」對長期在中國工作的他而言，如果回到台灣，住的是類似公寓、華廈類型的居所，就會處於完全沒朋友的狀態，但以目前的住屋來說，馬上就可以跟住戶間保持友誼的熱度。

對於現代家屋的形式，他沒有認真思考過。但他以四樓住戶為例，小孩即將上大學，若未來會有出國的計畫，家中成員就會少一人，變得冷清；但以目前的居住型態來說，因為成員還是很多，則不會有這個問題。

王慕嚴

04

原生家庭住在基隆的華廈，婚後父母搬到同一條巷子的透天住宅，他和妻子鄭伊珊在舊家和之後的透天住宅各住約7、8年。與鄰居的關係很疏離。
過去的居所形式和設計無法選擇，但現在的住家可全權自主，設計上一定趨向自己的偏好。此外，因為與住戶的關係緊密，生活上也變得方便，例如三餐的準備，或是要出遊的話，群組約一下就容易成行。「我覺得現在這一棟的成員對我來說，是沒有血緣的家人關係。」而家人雖有血緣關係，但對於生活或工作上的見解、想法，不一定契合或能夠深入討論。

05

小時候住基隆的平房，結婚後與王慕嚴住過華廈和透天住宅。與現在的住屋相比，覺得單層住宅比透天別墅好，因為本身覺得爬樓梯很麻煩。對她來說，現在住家的優點不是房子有多厲害，而是鄰居就是好朋友，這才是最重要的。
她篤定地說，未來住家的趨勢一定都是跟朋友同住，因為孩子長大可能就離家了，跟朋友住在一起，彼此可以扶持、照顧。兒子現在高二，大家常開玩笑說要盡量對他好一點，這樣他以後可以幫大家推輪椅，也才不會被亂餵藥。

鄭伊珊

趙秀慧

06

童年住基隆的平房，離家後住宅經驗是有或沒有附設電梯的公寓，前後住了約20年 。
對她來說，過去與現在的居住經驗沒有太大差異，因為過去的鄰居也很熱情，不過現在的住家因為成員關係更緊密，可以彼此支援生活事務，例如餵貓。建築形式雖然沒有太大差異，但因為可以自由進出每一戶，感覺像住獨棟，是很獨特的經驗。

TO HOME

家的可能式 2

FROM HOUSE

連棟住宅・社區鄰居

承擔和給予，漸次修理出家的輪廓

文字—小海　攝影—李維尼

你還記得第一次搬出家裡、握著租屋處鑰匙那種自由自在的感覺，是獨立還是孤單？離家多年，每逢年節返鄉團聚，你的嘴角是上揚還是不自覺繃緊？

關係是一種連結也是束縛，就像每一口豐盛的年菜可以是享受，也可能是負擔。

5歲的小杰將滑步車牽往巷子裡，不一會兒便暢快地飛奔起來。在大人眼中這條便於開車到自家樓下停放的社區車道，在孩童眼中卻是快樂加速器。傍晚的玩耍，週末的排球賽……一旦避開大人忙碌上下班的移動時間，這個空間就變化多端，孩子們的想像力得以馳騁，馳騁中也遇見同樣雀躍的夥伴。

「我媽媽今天有烤雞噢。」、「等下才會拿過來。」隨著暮色降臨，小杰遇到年齡相近的鄰居妹妹花生。這個位在花蓮壽豐平和村、暱稱為「伍佰戶」的社區因為裡外分明，所以多數家長都放心地讓孩子在社區中走晃。共食夜晚來到，社區逐漸寧靜；車道上一戶戶門牌號碼看似區別著各個家庭，隱形熱絡的連結卻隱藏在後。

像公寓又像社區的生活型態

屬大型集合住宅社區的伍佰戶，最早是政府設計作為勞工住宅，後來成為「志學新邨」建案。但因社區內規劃恰巧正是五百戶，因此暱稱反而比本名響亮。社區內的住戶建築非一戶一棟，而是連棟式的重疊別墅，當中一二樓、三四樓各為一戶，四戶共用一個樓梯與基層開放式車庫，如此建築設計，讓住戶們比一般獨棟式社區來往密切，對門與樓上樓下的存在有如公寓，而社區活動中心、籃球場、桌球室……等公共設施，又突破公寓的狹小限制。在這種像社區又像公寓的奇特模式下，不同生活型態的住戶紛紛擦出不一樣的火花。

「我們剛搬來時廚房還沒有準備好，所以常常跑到樓上去吃。」小郭一家人住在書琴樓下，還沒搬

1

1 暱稱為伍百戶的志學新邨，是花蓮少見的大型集合住宅。 2 社區內的車道大多時候是孩子們遊戲的空間。 3 綠意充足是許多人選擇落腳這裡的原因。

3

2

來時就是朋友，3年前搬來後更成為異次元室友。即便隔著樓上樓下的兩道門，食物卻像傳輸通道讓兩家人暢行無阻。

隨著小郭家中的廚房完備，他和太太憶菱、書琴在此展開「社區廚房」。因為自己喜愛煮食、也相當享受餐桌間杯觥交錯的熱切氛圍。他們邀請社區住戶每週四、週五的中午，以「一家一菜」的方式進入屋簷。因為地處偏遠、生活功能相對不便利，所以伍佰戶社區住戶們來往密切，各種需求紛紛以線上社群的方式出現。共同購買、二手物交換、相同嗜好……社區中的住戶經由網路找到彼此，再從線上相約線下相遇。

不只是生活互助，也有著理念交會

無獨有偶，伍佰戶充滿著有別於傳統鄰里的互動節奏，由於周遭綠意廣闊，許多追求生活品質的自由工作者移居前來。他們跳脫一般上班族的時空限制，創意與活力無限，書琴就是這樣在3年多前成為住戶。而樂於忙碌、點子不斷的她，舉辦各式活動到最後甚至成為社區主委，投入協助社區事務。小郭會在週間發起「社區廚房」也是因為在宅工作的特質，加上後來舉辦的「車庫市集」，這些活動逐漸成為社區住戶交流相遇的場合。

當時，有著三個小孩的汝慧因為手傷而無法料理，所以成為社

1-2 非典型朝九晚五的工作形式，提供這些家庭時間與空間，讓孩子的成長脫離線性填鴨。 **3** 共食不只是安撫生理上的飢餓，更重要的是滿足了心靈上的交流。

區廚房的常客。一吃一聊間，杯盤敲擊出兩家人對孩童教養的共同想法。「遇到有同樣價值觀的鄰居，願意注重內在、能夠一起學習一起照顧小孩，我覺得很幸福。」食物不知不覺開啟更多道門，門後的世界包括小郭、書琴、汝慧，還有後來也搬來的小白一家人，在社區廚房停止運作後，他們仍然常常互動。生活技巧的分享、生命經驗的討論，餐桌上最近才多了剛入住社區的吳越，18歲正在探索未來、選擇自學的他，也讓這群鄰居重溫成長歷程。

「汽車沒電呀、搬不動東西……，有時候來不及接小孩，問一下就會有人出現。」在需要時拉對方一把，比鄰居更親密地是他們不只在生活功能上互助，更因為理念的交會所以走進對方家中，同時，也慢慢抵達心裡。

穩穩托住彼此的踏實感

「社區裡有各種人，學生、退休人員、上班族或像我們這種外地移居來的。」小郭來到壽豐，前一年與憶菱住在岳父家中。「如果沒有離開父母的家，或許會不知道怎麼長大。」兩人婚後養育小杰，對於家的想像尚未有清晰樣貌，但總覺得必須開始自己慢慢尋找、打造。偶然機會來到伍佰戶，發現這裡親子家庭很多，空間和風氣都適合育兒。

「把家打開之後，遇見更多家的人走進來。」開始經營社區廚房，家中讓人進進出出，社區與家的界線模糊起來，有時覺得變大，有時候又覺得家變小了。「我們很喜歡大家一起吃飯的感覺，不過如果頻率太高，好像這個家永遠在等待著客人，這讓我們開始思考自己的家是什麼樣子。」經過嘗試與擺盪，確認自己的界線也了解他人的期待。如今和幾位鄰居的共食、有時甚至深夜在車庫裡小酌一番，這種時而緊密時而自在的節奏，似乎有了家的輪廓。

「那種安心的感覺，真的不是要天天見面或一起做什麼，而是一種踏實感。像之前我生第二胎時，雖然是第一次居家生產，但我並不緊張，因為知道他們都在附近。如果有需要，大家會馬上衝出來。」這種被穩穩托住的心情，不只憶菱擁有，而是當大眼睛和小白把家中鑰匙備份給其他家庭，或是他們交織出的信任氛圍，遠遠超越對育兒現實的焦慮，因為知道孩子出現在有對方的時空裡，他們不再擔憂、懷疑，而是確信美好會發生。

如同小郭在家中發起的社區廚房是一枚恆星，運作出這四戶家庭的小小星系。伍佰戶社區裡有著各種家庭、各種生命故事。偶然間也許還有別的家庭，發現家的定義不只是坪數和屋簷下的人頭，而是有著了然於心的承擔與給予，數十個星系串連仿若宇宙，各種迷人的互動就運作在八棟建物間。

1 小郭搬進伍佰戶後，遇見更多有相同育兒理念及生活價值的夥伴們。　2 每戶樓中樓的建築形式提供了寬敞空間，社區中相熟的家庭們常有孩子彼此來串門。

家 共織互動

不定時的斷捨離

汝慧是個一打三的萬能媽媽，家中用品總是又多又雜，忙碌起來難以維持空間的清爽秩序。所以擅長打掃和歸類的書琴、小白、大眼睛……在需要時，會去汝慧家幫忙整理，進行斷捨離。幾個家庭之間也會針對彼此清理出來的物品，重新流通使用。

隨call隨到的鏟屎官

每個人家裡都有小白和大眼睛家的鑰匙，因為小白家中兩隻貓誠徵全年貓奴。當小白一家人有事必須外出時，大家就會輪流去餵貓、清理貓砂。到了過年時節，眾人返鄉數日，書琴則因為從老家宜蘭回花蓮較近，所以會餵貓餵狗、就近照顧大家的空間。

圖片提供／小郭

圖片提供／光小孩共學

隨機發生的共食餐桌

社區廚房停止後，四戶開始輪流去彼此家吃飯。有時是任一戶興起邀約，有時則是找些節慶藉口。主邀的家戶會負責主食與湯，其餘配菜則是大家依據人數和默契準備。

每週四的同樂會

前身是一個月一次的車庫市集，在小郭家樓下的車庫和街道上進行，現在轉型成為「伍佰戶好生活同樂會」，移師到社區活動中心。每週四下午4點半到6點半，開放社區中各路好手來擺攤、販售自己的商品，手作麵包、甜點、熟食、手工皂、布衛生棉……等等，住戶們總是自備容器現身捧場。

每個月的社區讀書會

閱讀地點可能是活動中心，也可能在成員家中進行。最近閱讀的是《社區設計》，希望藉由書內知識的交流，運用在伍佰戶的社區空間中，像是公園、閒置花圃，甚至即將空出來的社區辦公室，都希望藉由閱讀現場大家的互動討論，一起集思廣益。

家

小郭

憶菱

01

小郭和憶菱各自都在新北市的公寓成長，家中的小孩除了自己，都還另外有兩位手足。小郭求學時期開始離家租屋生活，憶菱卻是婚後才首次離家。

兩人曾經在一個舊國小廢墟中生活了6年，所謂家的配置就在一間間教室中。臥房、廚房……都必須通過走廊才能抵達。搬入伍佰戶後，從偏僻廢墟住進上百人的社區，一方面欣喜有鄰居能讓孩子們遇見更多不同友伴，另一方面則是必須稍微調適，很多鄰居和共有空間代表許多事要學習協調。對於家屋的想像，覺得應該在一個村或社區裡，但房屋能以自己的生活習慣去逐一打造。

小白

02

小白成長在台灣最常見的四人一戶核心家庭，出生在五層樓高的公寓中，不久後就全家搬到大廈居住。求學時曾住過學校宿舍，也住過農舍豪宅、透天厝；和大眼睛共組家庭並且生育女兒 Hope、移居到伍佰戶時，覺得這裡的屋況雖舊，但鄰居互動的感覺很好。

大眼睛來自南部，過去與母親居住在高雄市區大樓，現居的集合式住宅形式彷彿卸下都市人們冷漠的盔甲，讓人際關係變得緊密。雖然壽豐近山濕冷的狀態與南部晴朗相去甚遠，但空間的解放讓她十分喜愛。

和大白對於家屋的想法是自己有一塊地，蓋出自己的房子。

大眼睛

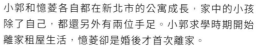

03

汝慧

成長時住在郊區的連棟透天住宅，爺爺奶奶就住附近，汝慧與爸媽、弟弟常常與他們相聚。直到18歲考上大學到台北後，開始過著蝸居生活，有時兩坪大的狹小雅房就是她所有的空間。婚後因為孩子逐漸成長，希望能夠更接近土地，所以來到先生的故鄉花蓮。不過一開始住在市區不似在伍佰戶這裡自在，直到遷入後，讓她從一個沒有親子館就不知道怎麼照顧小孩的媽媽，成為現在能因材施教的共學團老師。對於家屋的想像，汝慧心中一直希望有個能走上去看星星、搭帳篷的屋頂；或是家門前有塊地，可以讓孩子玩耍、甚至種點東西，當她在廚房工作時望出去就能看見孩子。

04

來自五人小家庭的書琴在宜蘭透天宅中成長，不同於城市忙碌擁擠的氛圍，書琴的成長過程與自然親近許多。求學後開始離家、住進不同的房屋類型，從學校宿舍到小套房，再到移居花蓮後打造軍營廢墟成為民宿，書琴對空間的適應力極強，很大或很小的空間都能夠找到妥善安放自己的姿勢。
初抵伍佰戶時，發現這裡其實不太方便，周遭沒有超市商店，是相對偏遠的社區。但也因為這些特質形成內部的團購勢力，或住戶想做什麼就揪團成行的風氣，反而讓人輕易遇見相同理念的鄰居。以前只想自己獨門獨戶、不想住進集合住宅的書琴，在這裡深刻感受到「鑿壁借光」的鄰里美好。

書琴

05

吳越

孩童時期和阿公阿嬤住在透天厝，後來父母購入公寓後，就全家搬到河邊公寓，吳越眷戀著小時候常去河邊散步的情景。由於現在還是個自學高中生，所以對於居住的體驗仍在探索中。
但曾經到蘭嶼旅行，住在鐵皮屋中一個月。搬到伍佰戶後租賃在書琴家，喜歡這樣的鄉下生活，也喜歡社區裡很多孩童，以及大人們尊重孩童的態度。未來希望還是可以生活在有其他鄰居的社區，但也開始想像自己有一塊地、親手蓋出自己的家屋。

TO HOME

家的可能式 3

圖片提供／光爸

FROM HOUSE

農村聚落・相同理念者

一起摸索、織造出魔法樂園村

文字—邱宗怡　攝影—Evan Lin

就像過去兩百年間，客家人沿著中港溪上溯來到苗栗山城南庄，與賽夏族人結親共居，光爸家、Friday與思靚家、宇馨、樹杰也陸續自都會鄉鎮，沿著中港溪來到南庄。有人舉家遷居，有人在此成家，但是都帶著各自過往的家庭經驗，他們在此一起摸索，在生活裡連結，織造出一個與彼此共振、與風土共生的，魔法樂園村。

1

1 Friday營造了一處自然基地，也是孩子的自學教室，讓她們盡情探索。 2 Friday家四姊妹去找士修、宇馨玩，在宇馨伴奏下，唱起自己寫的歌。

2

要認識魔法樂園村，首先必須先認識日本「山岸會」組織。山岸會不僅是這幾戶共同生活的最初機緣，更提供了實際運作的參照與方法。山岸會創始人山岸巳代藏認為，人間爭鬥和不平等的解方必須是一種社會想像與實踐：人要能真正了解自己、與他人和睦相處、與自然和諧共存，才可能創造出健康、親密、安定、舒適的社會。山岸會成員們以深度討論、共同生產、不計報酬、按需分配的方式實踐共同生活，至今已經將近70年，日本國內有數十個實顯地，稱為「村」，共同生活的人就是「村人」。

適時放在心上，和自在請求協助

光爸是最早期參加山岸會的台灣人之一，因為他的推薦，南庄農家子弟士修、與士修交往而遷居南庄的宇馨、當時正帶著孩子自台北搬來南庄的思靚與Friday，以及在光爸家以賽夏儀式結婚但仍住台北的樹杰，便在5年前相約一同去了山岸會。回台後，同期的一、二十人即運用學到的非暴力溝通方法，嘗試共同生活。樹杰也在回台後放棄台北生活搬來南庄，只是可惜腹地限制，更多的「村民」無法真的在南庄租屋落腳，魔法樂園村便因此以這四戶為核心形成。

「山岸會的硬體設施很完整，我們沒辦法，就是單純想說，我們要吃，那就一起種；有小朋友的家庭，大家就幫忙照顧。我們那時有分陪伴小孩的、建設組的、煮飯的、一起種東西的……」士修的回憶輕描淡寫，沒提到當時四戶裡只有他們住在中港溪較下游的南富村，需要特地開車上去另外三戶聚居的蓬萊村，可以想見當時想共同生活的動力，就像宇馨所說：「一開始很積極，為了想跟大家累積共同生活的節奏，可以放下自己生活，每個星期上去蓬萊兩到三次，一次就是一天，一起做些什麼或討論之後還可以一起做什麼事情。」

但每個家的條件與歷程並不一樣。例如，宇馨跟士修沒有小孩而且以自然農法耕種，需要投入大量勞力；帶著孩子學習以生態觀生活的Friday與思靚家的重心在觀察與陪伴；村子創立時樹杰新婚，除了夫妻步調與家屋修繕，財務與創業都是挑戰。各自的生活型態與需求這麼不同，彼此要如何連結呢？

「適時放在心上就可以了啊！我們每天都有很多需要會發生，這些需要跟不同的人連結，它就是各種關係，就像當我做食物，我會很自然想到其他村民；像士修種菜，多的，他就會想到我們。」思靚這麼說。樹杰除了當初有村民共同修繕房子，單親後孩子更幾乎是村民們一起帶大的，問他對魔法樂園村是什麼感覺，他說：「就是家人的感覺，可以自在地說我的真實狀況，請求協助。」所謂的連結，不正是在有需要、或有餘的時候，對方便會自然地從腦海中跳出來，清楚知道能前去求救，或者渴望與之分享嗎？

被允許長成自己樣子的對話

5年是一段不算短的時間，而家庭與人一樣，都會帶著各自的議題，變遷與成長。

光爸回憶到：「實踐下來發現，每一家帶著各自的狀況進來，會變成大家共同的問題，所以還是

4

3

1

2

1-2 魔法屋之所以有魔法，是因為有著希望所有人都幸福的心意。　**3**　光爸與光妞、樹杰與陽陽和星星，放學後享有紮實的親子時光。　**4** 光爸的魔法屋位於蓬萊國小操場旁，可以算是魔法樂園村第一戶。

要先回到自己去處理，否則糾結在一起，沒辦法解決任何事。」所謂共同生活，或許其實是在與人連結過程中更加認識自己，跟自己在一起了，才能真正向他人展現自己。

宇馨回顧她向內探索的一段珍貴歷程：「魔法樂園村有非常多人來，我好像在給出愛，但我發現我非常需要被看見，所以反過來，我才是那個想要被愛的人，反反覆覆的過程裡，我一直看到這件事。那改變了我參與魔法樂園村的狀態，我原本很熱絡，一直叫大家聚會，最後才理解到：我更需要跟自己好好相處，好好認識自己。」

但究竟是什麼樣的互動，讓村民們可以不畏懼感受自己，並且誠實表達？「就算在早期互動最密集

那時，也是零規範的，一切都是願意，允許自由的參與跟退出。如果約束你，你也會約束別人，那個時候就要停下來。」他們嘗試用一種山岸會稱為「研鑽」的非暴力溝通方式對話，哪怕談話到後來發現沒有共識，也允許彼此停留在沒有共識的狀態。儘管坦誠的當下必然會有衝突而常常是不舒服的，但正如宇馨的發現：「當我跟自己的連結更深，我才終於想透別人的需求是什麼。如果沒有經歷過魔法樂園村這些衝突、對話，這麼多來來回回互相的內外關照，我不會這麼清楚知道。在這裡，我被允許長成自己的樣子。」

跨越血緣的生活合作與連結

即便在魔法樂園村經歷過這樣的歷程，宇馨在原生家庭還是不敢這麼坦誠：「不知道爸媽能不能理解，會不會以為我在攻擊他，所以只有在村裡可以，原生家庭我還是辦不到」；因為繼承祖屋常只能單向承接長輩意見的士修，正在購地計劃搬離祖屋：「我想與能理解我們的人連結就好」；6年前連幾乎已是危樓屋況都能接受的Friday，搬來的考量就是有共同價值觀，彼此理解、互相照應的鄰人：「人可以被支持，靠的不是血緣家族。跨越血緣的生活合作與連結，帶給我們生命很大的力量。」

這些在光爸口中「來自同一個星球的人」，在工具理性運作一切的現實世界，找到彼此，用魔法創造了另外一個家園。

在大自然中成長的陽陽和星星，玩著各種「運用地形和植物」發明出來的遊戲。

家

共織互動

日常取水

同住南富村的Friday會定期去士修家取飲用水，思靚雖然覺得有些麻煩，但她也知道，Friday是藉著取水的需求跟士修連結。Friday說：「我們不需要重複買濾水器，大家一起照顧那顆濾水器就好，補貼一些、幫忙刷洗，況且，如此一來就能有個理由、時不時上門走動。」

共同創作歌曲

跟著爸爸Friday來士修家取飲用水的四姊妹，在士修生著爐火的夥房裡唱起她們自己做的歌，宇馨為她們彈吉他伴奏，一邊與她們討論歌詞，Friday則在一旁烤著午餐要吃的麵

圖片提供／樹杰

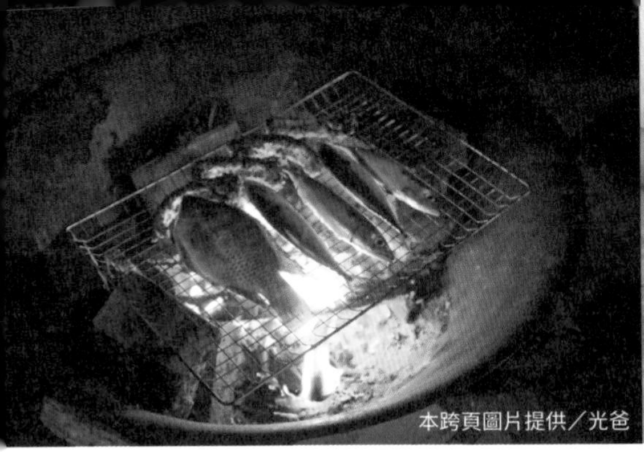
本跨頁圖片提供／光爸

包。不知是爐火還是歌聲，讓房間非常溫暖：「我喜歡這樣平凡的每一個日子／我喜歡你／你應該也知道。」

托育後援網絡

「魔法樂園村的特產就是小孩」，他們這麼自我戲稱，從光爸家到Friday家到樹杰家，孩子像階梯般一梯梯長大，又一梯梯出生，所以永遠有孩子的陪伴或托育需要彼此支援。樹杰單親，孩子最小，他帶自然探索的工作又常需要數天不在，這種時候，光爸與Friday家就能組成防守完備的托育後援。

第一件共同事業

魔法樂園村剛創立時，樹杰為了搬來南庄共同生活，租下一間屋頂塌陷的房子。修房子，便成為大家第一件「共同」的事情：「所有村民，包括核心這幾家跟很多散戶，全都傾力幫忙，幫我們一起整理這個屋子，十幾個人，拆屋頂、換屋樑、做土牆……」，樹杰有些懷念的提到「那是大家最頻繁相聚的時候」。

家

Friday

01

人的歸屬不一定等同於家庭，例如育幼院孩子，當他長大，他內在的歸屬是什麼？與其定義家庭，不如說內心的歸屬。對我來說，我內心一部分的歸屬已經在之前參與保留運動的樂生療養院。當遇到一個課題，我會在內心跟某個院民阿伯說，接著想他會怎麼跟我說，即便他已經過世，我還在意識裡演繹著與他的交流。那些人跟物，已經是我的一部分。

歸屬這件事，不是我們能框限的，家也只是在歸屬這個大範疇裡。人因為生命歷程，可能會有幾個內在的歸屬，例如樂生療養院是我的一部分，後面遇到魔法樂園村，也成為我的一部分。對我來說，我有兩個歸屬，我不可能把它從心裡拿掉，它只會不斷累加。

02

我想要去一個山頭，一戶，就只有我，我可以在那邊好好生活，不必因為繼承祖屋，被不理解自己的長輩干擾，而能跟喜歡的事物、相近的人連結，畢竟我跟宇馨也藉由換宿經營了一個共同生活。

理想的家就是成員們可以一起創造，也許你擅長料理、也許擅長加工，合力把田間的作物變成大家可以吃的東西，再一起分享。

士修

宇馨

03

家是各種同心圓，人基於不同需求會擁有不同的小社群，由內而外的層層歸屬。但關鍵是必須能真實參與，若不被允許去創造，也就只是活在社區裡，不是真正的「共同生活」，奠基在真實的人與人之間的關係。

其實我無法輕易劃分「家」與「非家」，更無法理所當然說血緣就是家，就像我與一些親戚甚至並不真的認識彼此。現代人尋常移動，可以處處都是家，時刻能接住別人或被別人接住，在更大的流裡，感受到自己與他人的連結，家會不斷隨著經驗擴大。這樣一想很快樂，到處都有家人，因為我確實就是在這樣的狀態。

04

樹杰

就像老二星星在這屋子出生，一出生就20幾個人在外面等他、要抱他；老大陽陽叫思靚媽媽、Friday爸爸，我常覺得孩子有很多爸爸媽媽，孩子是世界的，不是我的，我不過是陪伴他們長大。某些角度看，好像孩子沒有穩定照顧者，可是我看到的是，孩子不只是我的，是大家的，生活圈的一份子，大家一起陪著孩子長大。

這也讓我深感到被接納，他們在我不行時會幫忙我，成為我的依靠。最理想的家就是這樣的，發自內心的溝通、互動，傾聽需求、互相理解，於是能持續在共同生活的空間裡創造，跟四周環境相連，允許各種生命的變動與發生。

光爸

我理想的家已經在這裡實現了。在日本研鑽時曾經也被問過「理想的家」，當時研鑽了兩天，我們還去村裡問其他人，其中有個答案讓我印象很深刻：「家人就是不管他做了什麼事情，他永遠都是我的家人。他做了再不好的事情，也還是我的家人。」我聽完就想，那就是家吧，包括我自己，不管我做了什麼事，家人都可以接納我。

當我這樣看見時，我就放鬆開了，不必擔心做什麼事，別人就排斥我、不喜歡我。不管我做什麼事，都可以得到家人支撐。這也是我覺得家最重要的功能：支撐每一個家人，包括我自己的孩子，包括其他村民。其實未必要實質上給他什麼東西，而是不管他做什麼事情，我們都接納他。家人就是無條件的支持。

05

共同居住，孵化家想像

文字—張雅琳　攝影—張國耀

你對「家」的想像是什麼？可能是溫馨四口之家，可能是祖孫其樂融融的三代同堂。但有沒有可能「自己的家人自己定義」，沒有血緣關係的彼此，也能在不同的住宅形式底下，共組家屋型態？

共生空間品牌「玖樓」和策略團隊「好伴社計」，分別從共居社群的開放精神和投入藝術行動計畫的社會住宅經驗，分享他們關於居住與生活的想像，如何產生對話、建立連結，孵化更多元的「家」的面貌。

地味（後簡稱JIMI）：想先請兩個團隊淺談「共居公寓」和「社會住宅」的差異？

張珮綺（後簡稱張）：我覺得最主要是「主體性」，社宅屬於社會福利政策的一環，需要制度化，是政府主導、上而下推動的形式。共居公寓目前皆由市場端出發，經營者

來自民間企業或團隊，自由度明顯不同。

柯伯麟（後簡稱柯）：還有比較大的差異是入住族群。社宅租約一簽數年，成員相對穩定。共居公寓講的是mobility（流動性），可能我今天有個專案，或剛好處於一段gap year（空檔年），需要三個月或半年不等的短租時間，可以選擇共居住宅，讓自己有機會在一個環境建立更多新的連結。

JIMI：兩者所面對的社群是否不同？這又會如何影響你們在承接和推動上的思維？

張：玖樓有個「微笑曲線」模型，第一個階段是當你進入大學，樂於跟他人共享、很需要社群支持，以及剛就業之際，懷念校園緊密的人際連結，但還沒有累積太多的職場人脈，這段時期的人會很嚮往認識新朋友。

當微笑曲線往下走，開始有穩定的伴侶關係或組成家庭，就進入第二個階段，同時也是比較封閉的狀態，成員會更專注在自己的單位裡運轉。面對這個社群，就要思考可以怎樣在不同單位之間創造互動。

再往上走，隨著年齡漸長，孩子成年離巢，心態會有轉變，回到開放、需要重新建立生活型態的狀態。所以社宅的社群比較是在中間的家庭單位，共居則落在前後兩段、正要開展人生以及想追求第二人生的族群。

柯：一開始經營共居公寓時，我們觀察到每個年齡層對空間的需求很不同。剛進入職場時，態度很開放，可以接受居住的公共空間隨時有人來往。可是當你工作了３、５年，平日壓力很大，如果家中環境充斥著嘻嘻哈哈的聲音，可能就會很煩躁，這也是為什麼我們後來發展出「不舉辦公開社群聚會」的「寧靜公寓」。

很多銀髮族都會面臨子女離家後空出的生活空間，就有屋主委託玖樓幫他找室友，那時候我們做了一些實驗，找來年輕人、外國人同住。發現在這樣的「家庭」裡面，可以跨越種族、年齡，甚至是連失戀都能放在檯面上討論，可能我跟我爸都未必會談，但大家竟然聊得起來，滿有意思。

後來這件事被新北市政府看見，連結到社宅也有類似需求，所以從２０１７年開始，玖樓和市府在三峽北大特區的社宅推動「青銀共居」計畫，招募年輕族群和高齡長者共同生活。這次經驗也打破很多過往的刻板印象，例如長輩不一定都是早睡早起的作息，他們彼此就是有年齡差距的室友，在這裡重新建立一種歸屬感。

張：柯柯講得很好。我剛剛邊聽邊想，為什麼我們會把共居公寓定位成「產品」，就是要先洞察需求，檢視市場上有沒有滿足大家的供給。在我們建構的Co-Living中，提供的不單指一個住的地方，而是一種生活，這裡面包含各種開放性，

對我來說不一定是改變，
較像是找回「家」的定義。

我們嘗試在共居中找回屬於自己的生活方式，吸引更多人加入。而社宅相對來說，是對於居住環境的最基本需求，在個人經濟能力可負擔的前提下，獲得安穩的居所。

連真（後簡稱連）：順著珮綺講的，社宅確實是為了滿足基本居住權而衍生的產物，但在「居住正義」之外，有沒有可能在社宅創造一種社區認同、互助共好的居住文化？接下來台中市府預計在兩個基地挪出部分樓層做共居房型，算是一種往共居方向靠近的實驗。我們看待社宅的存在價值，就不只局限在入住人數，而在於它有沒有辦法成為下一個世代共同居住生活的典範。

柯：前面有提到，因為社宅是相對穩定的空間，所以我們要想辦法做

住進社宅後，比

一些「擾動」，讓住戶變成彼此的橋樑。免抽籤進入社宅的「種子戶」，就是可以提供回饋的角色，透過他們的洞察，我們得以獲取這個社區的成員特質，可能是銀髮族居多、或是有很多養寵物的族群，進而舉辦相對應的活動，讓大家願意走出來一起互動。

連：柯柯說的種子戶，幾乎有社宅的縣市都有，只是做法可能不太一樣。台中叫做「行動種子計畫」，招募符合社宅資格、具專長興趣的民眾入住，並在居住期間舉辦活動以連結居民。好伴的工作之一，

支持的地方。

就是支持這些種子戶執行他們的任務，給予協助或建議。

我們近期也在思考如何優化現有的機制，例如已入住的居民看到種子戶的帶頭示範，可能也會找到一些自己可以做的事，那他是不是也能提案？因為我們確實觀察到有滿多社宅居民是有能力、也有意願做這件事，這樣的模式或許能更持久也更自然地感染給其他住戶。

柯：我們覺得種子戶的概念滿好的，這次把它借用到玖樓璞園裡面，轉化成「社群換宿」，以瑜珈、運動、攝影、音樂等主題，徵選住宿夥伴，讓他們以固定頻率分享擅長的活動，創造更多人和人的連結。

張：目前社群換宿的人數大概占十分之一左右，不過它跟社宅的種子戶還是不太一樣。社宅畢竟是在政府制度規範下，有一定的檢核標準，但是社群換宿這群人，我們定位為「文化大使」，不用像辦活動要寫企畫、制訂成效那樣，可以更彈性一點，就是把自己喜歡的生活分享給別人，比方說約其他住戶一起做便當，或是每天在草地練習瑜珈時，邀約大家一起加入。雖然是由文化大使先發起活動，但可能慢慢演變成今天誰主動辦讀書會、誰想邀大家做早餐，每個人都可以成為發起者。

JIMI：最近學到的新名詞「追自遇」：追求自然的相遇，也很符合這樣的情境！那大家認為共居的核

心又是什麼呢？

張：其實共居只是創造一個「弱連結」，我們打造這個空間，大家會自然而然開始互動。可能你以往的生活方式、思考方式是這樣，但你會在這裡看見別人有不一樣的做法。我自己覺得共居是把人生的某個階段打開來，產生跟別人重疊或交流的可能，

這種感覺也很像家一
很自在放鬆、感受到自己被

讓自己的人生有些擴展。

連：我跟育仁有稍微聊一下，我們認為共居的核心應該是某種彼此對於理想生活型態的共識。從這點來看，目前的社宅經驗可能還無法凝聚共識，但就像我前面說的，如果我們從現在去談社宅想探討的生活文化是什麼，那麼或許以後來抽籤的人，就會慢慢開始具備關於共居的意識了。

柯：我反倒覺得這個共識不一定一開始就找得到。有時候來到共居公寓的人，他也還在探索自己想要的生活面貌。所以我們會保持適度的開放和彈性，而不是硬塞很多活動。為什麼保留這麼多空間，其實是讓室友去自然發展，也許他們的互動只有片刻，但我覺得這些時間是很難能可貴的。

JIMI：請分享參與過程中，和住戶們互動，或住戶們之間發生的故事。

連：因為太久以前的事情會忘記（笑），我講一個熱騰騰剛發生的，然後你（推一下育仁）要再講剛講的東西。

社宅居民會有line群組，有些是

他們自己成立，有些是我們在旁邊推一把。昨天我看到群組訊息有張照片，是住戶載了一整車高麗菜，放在管理室讓大家拿，就讓我想到前幾個禮拜還有送蘿蔔的！因為有人一次拿了很多，也不知道怎麼消化，就在群組提議來做菜頭粿，然後又有另一個住戶跳出來主辦活動，當天還有人煮火鍋。從分送蔬菜衍生出一串這麼完整的故事，有點像滾雪球，我覺得很神奇。

魏育仁（後簡稱魏）：我原本就是社宅居民，所以我的故事可能比較多來自自己。

住在社宅時，常會遇到鄰居有事出門就來敲門寄放小孩，或是媽媽們因為小孩讀同一間幼兒園，相約一起做作業，萬聖節學校辦「Trick or Treat」活動，她們就把孩子打扮好，挨家挨戶敲門要糖果。有個鄰居會彈吉他，後來默默形成一個五人小團隊，每週固定練習，我也是其中一員，社宅活動我們都會盡量參與演出，也想說可以找不同基地的人聯合起來，建立一個小型吉他社群。

對比起來，之前一般公寓的住宿經驗真的比較疏離。社宅因為多了活動，居民認識彼此的機會變多，的確會變得更緊密，才會有更多事情在這裡發生。

連：其實有一百個案例可以舉例，像是跟鄰居打羽毛球，講起來很平常，但你說會在現代人的生活中發生嗎？可能非常少。大部分都是這樣的事情，日常到我們不會特別去提，這才是社宅最真實的樣子。

張：最近有個國外的住客，他多年前就住過玖樓，今年因為駐村計畫又回到台灣。他一入住，就用便利貼寫下歪歪扭扭的中文字，邀請大家做晚餐。那天餐桌這邊聚集了很多人，剛好幾個人都會玩音樂，後來還發展成一場表演。

這讓我想到，共居公寓的社群不是地區性的，這群人會住在一起，不是因為來自相同鄰里，而是因為他們可能懷抱同樣的想法而相聚在此，比如這個住客多年後回來，又馬上進入我們社群的一環。這也是為什麼玖樓一直夢想拓展到

可以選擇和夥伴共同生活，
打造出自己當下喜歡的生活方式，
你愛住在那邊，那就是家。

跨頁圖 提供／光合

圖片提供／好伴社

世界各地，你可能在不同城市裡面，都能找到歸屬的角落。就像另一位創辦人信榮很喜歡約翰·藍儂〈Imagine〉這首歌詞所描繪的：Imagine all the people. Sharing all the world. You may say I'm a dreamer. But I'm not the only one. I hope someday you'll join us. And the world will live as one。

柯柯一定也有很多故事啊。

柯：那我就接著剛剛珮綺講的，住進共居公寓產生的連結，不會因為離開就中斷，它是有延續性的。

我進玖樓工作時，第一個住客是以色列人，他前兩年結婚還有邀我去參加。包括我們團隊成員也是因為住在公寓裡面，認識不同室友，因此產生更多有趣的企畫，甚至發展成商業模式。就像連真形容的，很多部分很日常，但共享空間的開放性，會讓人願意打開自己的內心跟別人互動分享。最近公寓的室友也發起了勸買鳳梨，想幫助台灣農民，底下就有很多人跟進喊+1。（大家都感同身受笑了）

JIMI：那接下來，會期待共居趨勢往哪種模式或方向走？

連：我先講社宅好了。好伴的公共藝術計畫進入第3年，我們想嘗試把人和空間的關係講得多一些，甚至我們也想做點小小的挑戰，比如說社宅不可以在門上張貼東西，因為擔心造成雜亂，會有這類比較硬性的規定，但我們想要用藝術行動看能不能鬆動這件事情。

魏：搬離社宅時，我們會被要求空間都要復原，但如果東西都拆掉，我會覺得好像就少了一點使用過的痕跡。

張：從物業管理角度覺得……（笑看柯柯）。畢竟每個人習慣不同，如果不規範的話，不復原會很困擾。

柯：應該說要復原到入住時的樣子，這是現在規定的常態。站在我們要維運管理的角度，界線還是要抓清楚會比較好。

連：確實社宅有很多限制，但是社宅包含了社會安全網、社福單位，它的共居具有某種守望相助的意義，可以服務到更多元的族群。所以我認為這件事還是滿值得做的，

我也沒有答案，
的可能性。

會期待看到社宅框架底下的共居還有什麼可能性，可以做得更包容。

柯：人跟人的關係，是有機會從家戶外溢到整個社區，這是我在社宅可以看到的部分，所以連真提到的社會安全網，我覺得是很需要關注的。倒是社宅接下來會遇到的狀況是，假設6年（居住期限）一到，就有一大部分人搬走，要怎麼留存原本建立的居住文化，會是社宅未來比較大的挑戰。

其實共居也不是很新的觀念，只是呈現形式還有很多面向可以探討。現在有了前面經驗的累積，把共居的概念放進來討論，在這之後新建的社宅，就有可能會越來越適合共居。我覺得共居的發展是一個比較「有機」的過程，所以有時候會希望有些空間其實是空白的，先不急著去定義它。

JIMI：參與前後，對於「家」的定義有無改變？

張：我從台中到台北生活，就住在玖樓的公寓，甚至去年先生回台一年，我們也是和朋友住在一起。我反而覺得這樣更棒，可以選擇和夥伴共同生活，打造出自己當下喜歡的生活方式，不管住在哪邊，那就是家。

連：一開始覺得工作跟自己的生活有點黏在一起很煩，但現在社宅基地變成一個我在台中可以參加烤肉活動的地方（大家笑），這種感覺也很像家——很自在放鬆、感受到自己被支持的地方。

魏：住進社宅後，對我來說不一定是改變，比較像是找回「家」的定義。很多小時候在家裡發生的事情，比如跟鄰居吃飯、在社區布置耶誕樹，好像可以一一在社宅重新實現。

柯：人不可能總是離群索居，以我們推動共居的生活型態來說，「培養跟別人相處的能力」是需要練習的，而我們怎樣在城市打造新的鄰里關係，也是未來可以找尋的方向。聽這麼多分享下來，我覺得「家」可以是任何形式，現在我也沒有答案，但我會願意去嘗試各種不同的可能性。

「家」可以是任何形式，現在
但我會願意去嘗試各種不同

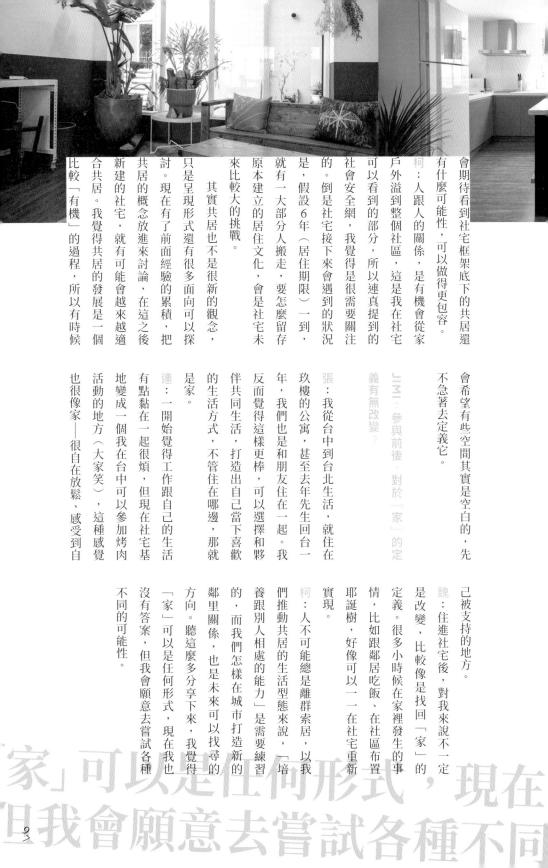

在有樹有溪的小屋，擁有真正的自由

從絕不錯過的百貨公司週年慶，到絕不錯過的孩子成長每一刻，所謂的「富有」，被白鮑溪的清澈水流淘洗翻轉。盛產到令人煩惱的木瓜，讓鞋櫃裡的鞋只要四雙就夠；不鏽鋼吸管環保餐具，不再只是在文青商店架上很漂亮而購買，而是因為接收了土地太多的愛，發自內心的想要讓美好永續。在這裡的生活，如同躺在狗窩裡和愛犬一同看星星的孩子一般，是那麼的樹溪（sù-sī）。

文字整理—吳宣萱
攝影—林靜怡

Another 移住者告白 Life

告白者

任以真

樹溪小屋主人，在白鮑溪旁烘焙麵包，並與一枚小孩三隻狗三隻貓，還有一隻鴨、兩池魚與兩名室友，一同在有樹有溪的小屋裡踏實生活，練習著收取與給予的平衡呼吸。

連便利商店都只有一間，我時常會跑去那裡感受一下「都市氣味」。

那天我在院子晒衣服的時候，站在草地上看著山，白鷺鷥飛過去，白鮑溪的流水聲環繞，狗和小孩在旁邊跑，我忽然覺得，天哪！我是全世界最富有的人！這在14年前剛嫁到花蓮，或是3年前還在光復經營民宿的時候，完全不會想到，我可以因為這些「真實」，感到那麼踏實滿足。

我以前完全是個City Girl！在高雄市區長大的我，物質上一直是不虞匱乏的孩子，結婚之後搬到花蓮，每次回高雄就是用購物填滿各種物質欲求。那時先生笑說，他對高雄最熟悉的，就是知道去哪間百貨公司要從哪個捷運站的哪個出口過去。

我在台中念大學的時候認識我先生，畢業之後一起在補教界教英文，先生在光復的家庭也是經營美語補習班，回家接管事業是自然而然的事情。交往前曾跟他回過老家，還記得那時從台中開車到光復，從清晨開到夜晚，中間還爆胎！就想著我再也不要來花蓮了！但我還是在24歲的時候結了婚，跟他一起回鄉生活，在夫家的補習班工作。當時很年輕，覺得只要有愛，跟著這個人去哪裡都可以。

剛搬到花蓮的時候，我還是那種百貨公司每年兩檔特賣會絕對不錯過的人，但那時候光復不要說百貨公司了，連便利商店都只有一間，我時常會跑去那裡感受一下「都市氣味」，也維持著每半年回高雄一次的頻率，繼續做個遠距離的都市女孩。大概過了5年，我發現自己在高雄的時候居然一心想要趕快回花蓮。

我發現自己變了。在花蓮乾淨的空氣裡，我的生活步調變慢，相對之下，像是高雄那樣的城市，身邊的人太多、轉速太高，眼睛要看的、腦袋要接收的東西都太多，人會變得很累。放假時，只有進入大自然裡我才能感到放鬆，那一刻我

明白，我也被花蓮的土黏住了。

但真正的轉變是在有孩子之後。原本我對生孩子有很大的疑慮，因為自己站在教育的現場看得太多，我不知道要把孩子放在這個世界的哪裡。直到我弟弟的孩子進入華德福的幼兒園就讀，我們去參加畢業典禮時，看著素顏純淨的孩子被老師牽上彩虹橋，在橋的頂端，孩子放開老師的手，自己走向另一頭等待著的爸爸媽媽，沒有濃妝豔抹、沒有彩排表演，每一個小孩的姿態、眼神，都顯露了最真實的成長樣貌，我們才知道原來可以用這種方式陪伴孩子長大。

於是在成為花蓮媳婦的第6年，兒子蹦米乓來到我們的生命之中。在他2歲的時候我們買了一棟

三層樓的房子，將其中一層樓轉做為民宿，取名為「樹溪小屋」，因為我希望來到這裡的人可以感到很舒適（sù-sī）。沒想到這個名字在5年後跟著我，真的搬到有樹有溪的小屋。

光復是個小巧可愛的城鎮，人和人的距離很近，有一次朋友來找我，不知道我家地址，便在路邊隨便問了一個人「那間補習班的媳婦現在住哪？」居然就找到了！而跟夫家一起居住的10年間，我也真的就只是他們家媳婦，在買自己的房子之前，我們夫妻倆住在婆婆家中的一間雅房，出門不需要帶錢包，因為要買什麼都跟先生請款就好，久了，連提款卡的密碼都忘記，也漸漸忘記自己。

蹦米乓1歲半的時候，在網路上看到有位媽媽在找相同理念的人，一起以華德福教育的方式共學，於是我們每週一次會從光復開40分鐘的車，到壽豐參與共學團體。組成成員對世界有著不同的觀點與視角，認識他們讓我好像被「開天眼」了！

我在搬來花蓮將近8年之後，才開始結交新的朋友，成員們不只讓我理解當今社會正在討論的議題，也讓我學會細細觀看自己內在的感受，不再把不開心當作是生命的功課、必須背負的十字架，我也才正視自己和先生對於未來規劃，有著無法填平的落差，於是我們走到了婚姻關係的瓶頸。過程中少不了綿密的溝通與爭執，在我極需離

開緊閉的生活空間、喘息之時，現在的室友那時在吉安的家，便成為我的避難所。

和現在的室友熟稔起來之後，大概一週會帶著蹦米乓到她們那裡住兩天，心情癒合後，再回光復繼續試著維持一段走到盡頭的關係。有一天一位室友說：「妳就搬來我們家住啊！大不了就一起養小孩！」這句看似玩笑話的提議，卻給我離開光復的勇氣。於是2年前，我和蹦米乓離開光復搬進了她們的家。室友們給我的支持與給蹦米乓的愛，讓我一直很感激，蹦米乓有時會說，他有好多個媽媽和好多個家！

久了，連提款卡的密碼都忘記，也漸漸忘記自己。

去年2月中，我們三個女生聊著夢想，既然有人會拍照、有人做烘焙，還有人能教瑜珈，是不是可以找個空間做為共同生活與工作的場所。隔天，室友因為工作關係得知壽豐白鮑溪附近有一塊地，離蹦米乓共學的學校只有5分鐘車程，因為老人家過世閒置，後代想要找人來照顧這間老厝，正在苦惱去哪裡找好房客。我們三人連來都沒來看過，就立刻說我們要租！大約一個禮拜的等待實在很忐忑，因為屋主很擔心這樣「原始」的地方，有蛇有老鼠有山豬，四名婦孺有辦法在這裡生活嗎？

最終屋主同意將屋子租給我們，我們花了好大的力氣整理房舍，就這樣，「樹溪小屋2.0」就在有樹與溪與愛的環繞下開始。在光復時原本有個很夢幻的廚房，那時

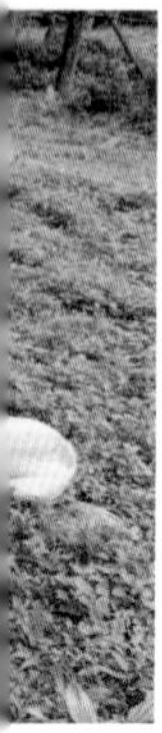

這句看似玩笑話的提議，

卻給我離開光復的勇氣。

我以為人生已臻完美，所有的傢俱、用料，都是以在那邊待上一輩子的心態去挑選。

　現在的廚房在另一棟屋子，煮飯需要經過院子大大的茄苳樹，但下雨倒也不用擔心，因為大樹有很好的遮蔽。烘焙麵包的空間則是在生活起居的這一棟，用來和麵粉、揉麵團的大理石檯面，來自朋友家被大地震震斷的廚房，室友將不完整的石板以木材補齊缺失部分，成就了完善穩固的麵包檯。也許現在的廚房不若在光復時的夢幻完美，但在這裡做麵包卻更開心，因為我在這樣的廚房裡實現夢想，也擁有真正的自由。

　不只是我，孩子也更自在了。做媽媽最在意的就是孩子打擾到別人，之前經營民宿時怕吵到客人，早上起床，我都會要兒子安靜一點；後來搬到吉安，室友都是年輕的單身女性，不像我們母子有著早上六點半就起床的作息，我也總是叫他要「噓～」。現在住在這裡，不怕吵到人，每天早上蹦米乓就會大聲喚著他的愛犬「旺旺！仙貝！」作為一天的開始。我們彼此的心情都放鬆許多，不到半年，他的胸就變厚，肌肉也更結實。

　蹦米乓今年要滿8歲了，有時我也會想，他會不會羨慕別的小孩有什麼他沒有的，有天試著問他，他回答「我覺得我現在這樣就很好了。」他每天會自己找事情做，劈竹子做陷阱、找材料生火烤地瓜，對他來說，住在這裡很享受，在室內磨磨他的種籽，磨膩了，就去外頭釣釣魚，釣累了，就進廚房幫我

做晚餐。他的節奏有呼、有吸，會找到最舒服的狀態。

有時候會覺得現在生活的環境，實在太夢幻卻很真實！一回頭，翠鳥又在等魚吃；晚餐吃完，屋子外被螢火蟲包圍！這裡生產豐盛，有香蕉、芭樂、木瓜、枇杷、梅子可以分享，雖然戶頭很可憐，但我超富有！慢慢的，我開始想，這片土地滋養我們那麼多，我可以回饋什麼呢？於是，環保、友善土地，便自然而然的在腦海中成形，想要維持美好環境的永續性讓下一代繼續擁有。我現在一年買不到一次衣服，鞋子也只需要三雙再加一雙雨鞋，以前覺得一直不夠的，現在都夠了。

今年過年我的新期許，就是希望能夠真實的跟這片土地工作，以及找到身為「媽媽」和「任以真」之間的平衡。問我對花蓮有沒有什麼覺得還不適應的地方，我會說沒有。以前會覺得是距離，去哪裡都要以「時」為單位，現在已經習慣，因為開起車來是滿舒服的。大家最怕的小黑蚊也還好，好像接受它，就不會是個問題。

也許有人會擔心蹦米乓在這樣的環境長大，會不會沒有競爭力，但我覺得，人生有比讀書考試更重要的事，而那個東西可能是我以後沒有機會再給他的。未來孩子不管離開花蓮或留在這裡，我還是會在這個有樹有溪的地方繼續做我的麵包，也許，再開一間民宿，延續與對的人相遇的機緣。

龜山下的
時空膠囊鐵皮屋

盧昱瑞
高雄人，畢業於台南藝術大學音像紀錄所，以捕捉影像為志業。2005年開始拍攝紀錄片，題材大多圍繞在海港生活的人，偶爾也關注老房子和文化資產等相關議題。

2月某個週末帶孩子們去左營舊城的東門散步，那天回程，步行到龜山腳下的舊城巷停車場時，在一處平常不會留意的角落，發現一間全新的灰藍色鐵皮屋，它極隱密地伏臥在這片空地上，因高度僅約2米半到3米半之間（有斜度的屋頂），在這片草坪和樹林之間並不特別醒目，所以突然看見這間比例結構簡約的鐵皮屋就相當好奇。走向前去一探究竟，竟然從外觀看不出任何線索，沒有任何說明牌或招牌，鐵皮牆面上的開窗也僅有大小不一的正方形黑框小窗，而且還用紅黃藍綠的霧面壓克力遮蔽，讓人無法一眼看穿內部。但若從小窗的透氣縫隙窺視，可隱約看到屋內空間的陳設……一切空空蕩蕩的，連水泥地板也沒有，屋內僅有數十根鋼管支撐棚架。不過，循著小草蔓延的地磚，依稀可見到一些建築殘跡陷埋在地層裡。

原來龜山下的這片空曠大草地，交疊著複雜的歷史紋理。

緩丘近海的地緣因素，讓這裡從明鄭時期至今，都被統治者作為重要的軍事基地。１６８３年清廷領台後，鳳山縣治設於興隆庄（今左營），１７２２年朱一貴事件後，首築土城，城內有王爺宮、土地廟、慈濟宮、觀音亭……等寺廟，亦有縣署、典史署、營房、軍裝局等公營設施，《重修鳳山縣志》裡也有標記縣前街等民宅聚落，城外種滿刺竹。１７８８年林爽文事件後，縣治遷至埤頭街（今鳳山市），也就是新城。１８２６年重建舊城為石城，但因新城發展等多重因素而未再遷回舊城，舊城逐漸沒落至僅存縣前街（大道公街）。

日治時代初期，舊城內仍有百餘住戶，城外人口則穩定發展，直至１９３７年日本政府配合南進政策徵收桃子園作為軍港，而舊城內的龜山具有制高點的軍事功能，因此也被劃入軍港範圍並遷出住戶。１９４９年戰後國民政府遷台引入大批軍眷，海光三村、東萊新村、勝利新村、四知十四村皆是位於龜山和舊城內的眷村社區，直至１９９８年配合計畫逐步遷居國宅。經過歷代政權的轉移，如今這片空曠的草地彷彿又恢復到三百多年前的寧靜。

２０１７年高雄市政府文化局開始推動「左營舊城見城計畫」，將昔日的海光三村診療室改設成「見城館」，並委請成大考古學研

究所在此區域做考古調查，3年多來成績豐碩。研究團隊依據清代老地圖、日治台灣堡圖及舊城地籍圖等文獻田野交互比對，搭配透地雷達偵測後，在舊城範圍內規劃多處探坑發掘，並讓民眾可實際參與考古教育，親手操作舊城的考古調查行動，讓這片龜山下的舊城歷史遺跡逐漸明朗清晰。

而眼前這間樸實內斂的鐵皮屋，就正好坐落在清代舊城內最繁華熱鬧的縣前街上。它是一座長寬約20米的考古防護棚架，入口位在西南方，以簡潔俐落的鐵板作為入口通道，窗戶皆開在南北面，屋頂上方有面東的通風口和兩排採光罩，銜接地面的牆角鋪設增添自然柔和的碎石礫，整體棚架東西側各以18組白色三角桁架支撐，一座外觀看似現代風格廠房的鐵皮屋，其實是守護穿越百多年的時空膠囊。

有了這層認識後，再度從小窗的縫隙窺視，眼前蛻變成一條熱鬧繁華的縣前老街，附近還有縣署、慈濟宮、關帝宮、火神廟和屏山書院……依據成大考古學研究所劉益昌教授的研究報告，「左營舊城遺址」還涵蓋了五千年前的大坌坑文化，四千年前的牛稠子文化，三千年前的鳳鼻頭文化。這裡不僅僅是一片空曠草坪和小小鐵皮屋，它們還同時承載著這塊島嶼豐沛的歷史縱深內涵。

在擺渡的航道裡，找到未來新航線

台中・善水國民中小學

林欽德
或是秋和，苗栗通霄人，文字工作者。目前藉由書寫棲身於實驗教育，期許文字能成為好奇心的鑰匙、土生土長的證明。

1 除了社團，課間休息也是孩子與長者的互動時光。　**2** 從菜圃到溫室，還在進化中的農場是老少共學的場域。　**3** 承襲父親土水工作，孩子在陶藝課發現混合水泥做成土球的樂趣。　**4** 集合、點名、出發，放學後由隊長整隊前往籃球場進行訓練。

沿著台灣大道穿越城區，往台中港駛到盡頭，街景從都會棋盤轉為農田水路，建築從高樓大廈削為鄉間平房，跟著海風抵達台中梧棲。這裡，有一所全國首創、老少共學的實驗教育學校；這裡，沒有熟悉的警衛室與圍牆，映入眼簾的是一座傍於廟宇，洋溢著長者與孩子笑聲的純樸校園。善水國民中小學（下文簡稱善水），是全台首座以中介教育功能導向的公辦實驗教育學校，不僅提供中輟生一處繼續學習的家園，同時亦串連社區，邀請鄰近長者與孩子一同在校園裡共生共學，為青銀世代交流建構一方友善、互惠、溫暖的學習平台。

善水所處的草湳社區是梧棲最大的一個里，舉目可見的土埆厝舊房舍與稻田景觀，不難想像工業區成立前的村落樣貌。鑒於人口老化，草湳社區發展協會在善水確定落腳後，便籌辦「長青快樂學堂」積極連結學校資源，由校方規劃老少共學課程，讓社區長者在課程參與和師生陪伴中，重新點燃對生活的熱情與動力。

喜歡，所以才一直來的共學學堂

當初校方在設計共學課程時，考量長者多為農家子弟，對於農作相當有經驗，便協同大家一起整理學校對面的閒置土地作為農場。隔年蔬菜產量逐漸穩定，為求品種多樣，長青快樂學堂的理事長等不及經費核准，便自掏腰包蓋了這座網室，甚至裝置自動灌溉系統，彷彿是產銷合作班的規格。

後來，為了讓孩子更聚焦於教育而非產量，主任鄭春女便在網室旁另外整理一塊雜糧作物區，除了讓孩子觀察其生長歷程外，也能作為科學實驗的材料。耕作過程，有些孩子會因為經驗重疊，開始分享家中的務農生活；有些因為不灑農藥，經常是不清洗直接拔了就吃；有些則會在發現菜蟲後，帶回教室豢養。

週一下午的社團時間，下課鐘聲尚未響起，轉身阿嬤就已經全數撤退，詢問原因，阿嬤們卻說：「作好了就好了呀，坐久會累。厲

害的人仔細一點，不太會的人就放輕鬆。大家都有歲數了，加減運動就好，不用太勉強。」耿直的回應讓我們啼笑皆非。若不是趕回家的車，那麼大夥聚集在此做什麼呢？「佇遮曝日頭啊。」

長者們大多是草湳與鄰近社區，80歲至90歲間的長輩，由其子女代為報名，週一至週五搭乘專車前來。詢問他們是否喜歡學校環境，他們笑說「喜歡啊！不然怎麼會一直來！」、「來這裡也比較有伴！」那麼今天有去農場澆水嗎？「種五、六十年懶了啦，打開開關就澆好了。」

除了上課，長者們也會在活動時成為孩子們的授課教師。為了不讓長者太有壓力，校方會順應課程發展，透過特殊節日或活動主題，推動長者們回想昔日生活經驗，轉化為指導孩子的內容。過去，校方就曾安排嫻熟製作紅龜粿的阿嬤為孩子示範調製粉漿、包粽子等技藝，讓長者成為傳承文化智慧與情感交流的橋樑。

讓學校成為學生的第二個家

週間上課期間學生會在學校住宿，假日則回歸家庭生活。因此學校一、二樓主要為教室空間，三樓則規劃為孩子們的宿舍，宿舍以年級為單位，每間寢室是一個「小家」，駐有住宿輔導老師提供課業、生活與運動的指導。孩子通過團體住宿，練習整理環境、洗滌衣物等，建立生活自理能力與規範。除了老師，資深學長也會擔任助教，幫助新生更快熟悉與進入環境。

善水也有別於體制內學校，設有更多技藝、操作導向，可供老少共學的社團課程。有些孩子喜歡音樂，有些則青睞陶藝或善水食堂，除了可以暫時擺脫考試壓力外，更多是因為團體生活與手作經驗，能夠化作讓家人品嚐的一道菜餚，或是一則與家人分享的話題。

不僅課程多元，孩子們也很喜歡長者。有些是因為自己的阿公很嚴肅，所以倍感親切；有些則是因為聽不懂閩南語，反而對他們產生

1 雜糧作物區作為自然教育現場，提供實驗課素材，也為原生作物保種。 **2** 宿舍保障孩子穩定學習，也是其面對團體生活與學習自理的場域。 **3** 主任鄭春女過去不曾農作，翻土播種，甚至操作中耕機都是人生初體驗。

好奇而覺得有趣。雖然因為年紀或原住民身份有語言的隔閡，需要透過老師轉譯，但是行動就是最好的溝通方式，無論是為長者搬桌椅，或者代為執行較細膩的勞作等，都更為拉近彼此距離。

用實際行動打破社區印象

也許會好奇，這些孩子從何而來？中介教育與體制內學校不同，並沒有學區限制，只要符合家庭功能不彰等中輟身份，就能由學校主動或家長委請校方提出入學申請。目前善水共有5個班級，每班至多招生12人，過去學生大多來自台中市，近年來則陸續有桃園、新竹、南投等不同縣市學生轉入。

回想創校過程，主任鄭春女娓娓道來，設校初期社區並不樂見，除了對於中輟生懷有刻板印象外，甚至有人直言：「這些孩子就是生雞卵無，放雞屎一大堆。」事實上，中輟生與中途之家不同，許多孩子並沒有犯罪行為，而是因為原生家庭挫折或經濟弱勢未能繼續完成學業。

而這些標籤，其實孩子都心裡有數。有位孩子說：「我知道學校收一些家裡有困難的人，但希望大家不要覺得進來的學生都很不乖。經過這邊老師教導後，其實都變得很OK。我希望自己可以把課業弄好，將來考到超級好的學校後，就可以跟老師講，這個學校就會被很多人注意。」

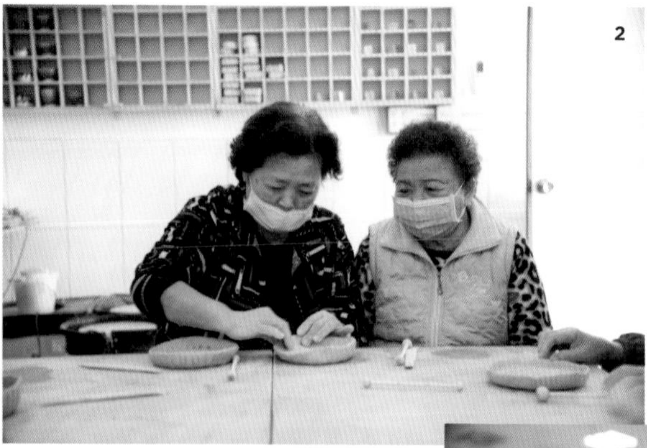

1 學校也導入木工等操作型課程，提供孩子職能探索的機會。 **2** 在老少共學過程中，最寶貴的是獲得一群相互支持、交流的夥伴。 **3** 義務指導孩子們的師父意外入世，用一首《你的名字》主題曲點亮孩子眼光。

4 期待被看見而努力奔跑跳躍的隊員們，主任說他們這次是「特別演出」。 **5** 音樂是跨越年紀、國籍、語言，共通的老少共學語彙。

為孩子成熟的談吐心折時，卻也發現蘊藏其中的懂事與體貼，這份誠摯同時表現在孩子自主擬定的社區參與計畫。前幾年校方邀請孩子思考如何回饋社區，孩子想到的便是陪伴社區長者聊天、為他們按摩，甚至代其打掃家中環境，儘管能力有限，卻著實溫暖了子女皆已離開、獨自生活的長者。

經由長期相處，里長也終於改觀，不但卸下心防，從不缺席學校活動，更積極串連社區資源，盡力提升學生生活與教學品質。這座曾經被列為治安死角的閒置校舍，也因為善水與學生的進駐，再度湧現活力，重新煥發光芒。

走過挫折，發現心裡的鳳凰

過去，善水是一幢閒置的舊校舍；現在，善水是老少共學的村落榮景，那麼未來呢？作為一所學校，總是有學生前來，有學生畢業。當孩子離開學校，終究必須獨立面對社會。對善水而言，或許未能永遠庇護孩子的人生，卻仍盼望藉由中介教育的擺渡，為孩子創造一處無後顧之憂、安心學習的環境，帶來一個改變未來的機會。

也許就如同梧棲地名，鳳棲梧桐的寓意，學校期許每一位孩子，不再成為體制教育內的遺珠，從此走過挫折，發現心裡的鳳凰。

親愛的柏璋

冬天似乎才一下就過去了，過年時就已經回暖，整個3月，所有顏色與形狀像魔術一樣輪番在植物的枝梢一一就位。還記得台北春天的樣子嗎？總覺春天得由體感溫度、氣味，或者顏色來定義。前陣子在公園帶解說的時候，發現通泉草已經開了不少，把草坪染成一片片的淡紫，那種春意爛漫的顏色。

這裡說的通泉草，當然是指佛氏通泉草，記得先前帶著社大的班級去參訪台北植物園時，看了那座重新設立的佛歐里神父（Père Urbain Jean Faurie）雕像（那個雕像日治時期本來有的，後來被破壞了），台灣植物裡凡是名字裡有傅氏、法氏或者佛氏的物種，都是為了紀念這位法國植物採集家。在植物園介紹雕像的時候，旁邊草地就有不少佛氏通泉草，只不過在秋天，當然沒有開花。

我到很後來才知道，原來佛氏通泉草是台灣特有種，而且主要分佈在北部，所以通泉草花海竟是台北與宜蘭獨有的景觀，真令我驚訝。我特別去查了植物標本的資料庫，確實在其他縣市的採集紀錄都非常零星。不知道新竹的草坪看得到佛氏通泉草嗎？

對於草坪植物，我始終好奇，在日治引入草坪文化之前，草地上的野花都長在哪裡呢？短草地的景觀我想是很難維持的，要不然就不用一直割草了。都市草坪只要缺乏管理，很快就會被高草叢或者樹苗佔據，若持續不管，變成樹林也不意外。像通泉草這麼低矮的野花，究竟有哪些立足之地呢？

台灣能長期維持短草地的環境，大概只有高山的碎石坡和濱海地區，那裡的風抑制了高大植物的

FROM
瀚嶢
新北 新店

黃瀚嶢

生長於台北，在城市間隙發現觀察野地的樂趣，從此流連忘返。森林系畢業後，從事生態圖文創作與環境教育，經營粉專「斑光工作室」，靠著偶爾路過的靈光努力生存。

通泉草 *Mazus faurei*

生長。至於平原上，我想到另一種可能，是田埂或住家附近，定期有人類清理，或者牲畜啃食，矮小的草同樣能取得優勢。

那沒有人類之前呢？我想就只有水邊了。定期氾濫的地方，大概是低海拔環境中少數能維持短草地的空間。當年佛歐里神父第一次採集到佛氏通泉草的標本，就是在台北某處河邊。台北盆地曾是常年泡水的沼澤，在古台北湖的水邊，也許就是通泉草祖先的居所。或許正因為偏愛濕潤，才會僅分佈於台灣的東北區吧。

故事或許是這樣，沼澤地的通泉草，在盆地大面積變成水田後，就移居到了田埂；都市化之後，又遷徙到了草坪上，繼續向盆地的居民報告春天的訊息。不知通泉草盛開的那種淡紫色，是否也同樣就是當年，古台北湖畔的春色呢？

很愛看蜜蜂訪通泉草的花。
因為花很軟，
蜜蜂總會相當狼狽地
掛在花上。
額頭還常沾上花粉染上
的小白點，
像花朵的一個小玩笑。

親愛的瀚嶢

逐漸回暖的日子中，我幾度跟朱有田老師的山椒魚研究團隊上觀霧做功課。雖然你我曾經在這探尋過觀霧山椒魚，但還不曾一起探索春天的觀霧吧？想到這裡，我不時關注草地與邊坡的草花，和風吹送下，胡麻花、款冬、龍膽、堇菜、笑靨花接連綻放花顏，為整座森林妝點春日的顏色。也有通泉草，但沒有佛氏通泉草那般壯觀成群，而是一、兩株暗藏於草叢間，大概是生性害羞的阿里山通泉草吧，它們也努力為山上的春天添了一抹色彩。

下山路上，一隻紫斑蝶飄然而過，讓我想起，在這春雨紛飛的季節，紫斑蝶的遷移盛事也同時進行中。我認知中的紫斑蝶，是一群極具時間感的蝴蝶，這在鱗翅目昆蟲裡是非常特別的。這裡指的時間感，不同於前封信所提及一年一會的天蠶蛾，而是具有隨季節變換、進行南北長距離移動的行為。乍聽之下與候鳥無異，但密度規模卻非可比擬，有人用「蝶河」來形容紫斑蝶遷徙時的模樣，很是貼切。

最近一波由南而北的蝶潮，源自國境之南。還記得以前保育社的茂林營隊嗎？社團夥伴每年寒假從濕冷的台北出發，直奔乾燥暖和的茂林，如同紫斑蝶南遷避寒的行為。在部落裡，我們一方面與在地魯凱族朋友舉辦國小學童營隊，另方面進行紫斑蝶標放。還記得，那年我擔任紫斑蝶標記組組長，在標記日當天提前進入蝶谷查探，好不容易爬上乾溪溝，大口吸著冷空氣，抬頭望向眼前這座散發暗綠色調的森林，居然安靜得像幅畫，絲毫不像傳說中熱鬧的蝶谷。

迎接後續到來的標記夥伴後，忽然間，幾道光線透射克蘭樹的葉片，整座溪谷像被點燃般，隱約

FROM
柏璋
新竹・新竹市

陳柏璋

熱愛山、攝影與書寫的野外咖，時常帶著相機與紙筆，在野地裡打滾整天。目前與一群好夥伴共創森之形自然教育團隊，試圖在人們心中埋下野性的種子。

斯氏紫斑蝶

Euploea sylvester swinhoei

開始騷動。原先停棲於冠層的紫斑蝶，接收陽光後旋即振翅產熱，起初零零星星，接著密密麻麻，一波波朝蝶谷入口飛去。我們安靜地仰望頭頂黑壓壓的紫蝶浪潮，在無聲卻充滿動感的夢幻場景下，進行永生難忘的標放作業。

台灣的紫斑蝶標放行動已持續20年，密碼被解開大半，卻依然存在未知之謎。我猜，近期應該會有人捕獲帶有標記的北返紫蝶吧，或許在苗栗、或許在尚未有過紀錄的新竹以北，誰曉得呢？人類對自然萬物的好奇心永遠不會被滿足，紫蝶解謎也就沒有結束的一天。

台北的綠地最近也看得到紫斑蝶吧？真想問問牠們的戶籍是登記在頂港還是下港？

斯氏紫斑蝶與牠的首位採集者 Robert Swinhoe

兩者都有一股渾然天成的漂鳥氣息。

計程車推理事件簿

鄭順聰
作品有詩集《時刻表》、《黑白片中要大笑》，散文《海邊有夠熱情》、《基隆的氣味》、《台語好日子》，小說《家工廠》、《晃遊地》、《大士爺厚火氣》，繪本《仙化伯的烏金人生》。

插畫—HUI

每每在搭計程車時，我都會順道「推理」辦案。

談好目的地與預定路線後，我刻意默不做聲，先觀察計程車的內部布置：通常是整齊清潔的，偶有司機會排列「大量」玩偶，五彩繽紛視聽室很常見，甚至照養盆栽營造移動的翠綠花園。

計程車的裝潢千奇百怪，但我最關心的是「人」。

寒暄幾句，丟幾條無關痛癢的問題，尤其是台語人，可據腔調來挽瓜揫藤（bán-kue-tshiû-tîn，順藤摸瓜），摸出司機大哥的出身地。且聽柯南鄭來台語辦案。

姓氏判斷法

就兩眼瞪直，盯看「計程車駕駛人執業登記證」，看看司機姓什麼？

某些姓氏一看便知是客家人，如彭、范、鍾、古……尤其是范姜，多為桃園新屋人無誤，再聊幾句聽其腔調便知。若是詹、戴、呂、邱、羅……就有許多閩南化的河洛客，某些客家人河洛話講得甚佳，一時是聽不出來的。

1949年來台的外省人，姓氏就非常多樣了。有普遍的大

姓，更有相當罕見的，我曾遇過姓「党」的司機，此非簡體字，乃是中國原鄉的「正字」書寫，卻被中華民國的戶政事務所硬改成「黨」。司機不願祖宗的姓被改，去中央單位申訴，還請中文系教授投書報紙來釐清。

當然，身份漸漸被遺忘的平埔族，也有許多特殊的姓氏，如買、力、卯、毒等等……

還有一聽隨即能斷定其出身地的姓氏：「洪」姓多來自二林、芳苑、草屯；姓「丁」又講台語的大多是台西人（阿拉丁的後代）。最特別的是「粘」姓，我直接說「粘厝庄來的喔」，屢試不爽，是早早就遷徙來台的女真族後裔。

據姓氏來推測出身地，的確是好辦法，但若遇到陳、林、黃、張、李……甚至是和我一樣姓鄭的，各族群大江南北都有，這時候，就要啟動聲紋辨識。

聲調辨識法

刻意不問司機的出身地或家鄉，而是隨意聊聊，例如：今仔日生理按怎？路裡有窒車無？走車偌久矣？

非刻板印象，光台北市司機就多為台語人，我會靜靜的聽，先來判斷其腔調偏漳腔？偏泉腔？

台語漳泉這兩大腔調的最大差別，為第五調的變調，仔細聽司機的懸山（kuân-suann），若「kuân」變成第七調、平平的，偏漳腔，多為中南部與宜蘭來的鄉親，也可能是後來才學習或受影響的優勢腔。若「懸」變成微降的第三調，可能是原生台北人……要是第二調變調後不是平平的，如水管（tsuí-kóng）的「水」變調後往上飄，極大機率是台中沿海延綿到台南一帶的海口腔。

基隆百多年前的分類械鬥演變為和諧的中元祭，也是以族群連帶腔調來劃分的。以國道1號第一個隧道上頭的獅球嶺為分隔，向海環基隆港多是漳州腔，朝山的聚落多講泉州腔。

也就是，我腦中有幅台灣地圖，根據漳腔、泉腔來分色分類，為司機定位可能的出身地。

用詞必殺法

最後，事不宜遲來極速追殺，一捉到明顯證據就來揭開真相。

不必等到司機說到食飯（puīnn）、尻川（tshuinn），或把洗身軀講成洗魂軀（hûn-su），一出口tsín（真）讚就知道其為宜蘭人。

若傷好（siunn-hó）的傷唸成sionn，司機可能來自嘉南平原。從府城往北到嘉義一帶，中途會與東西向的急水溪相交，這流域兩側的居民習慣說交（kiau），可

不是要撟（kiāu，罵）你，而是連結詞，意思等同和（hām）、佮（kah）、參（tsham）。

語尾助詞也是極重要的線索，大台中地區的主要辨識音是hiooh，有些地方是liooh，府城一帶（不代表台南全境）有許多nih，高雄茄萣是tah，再往南順著海岸線一直到屏東甚至澎湖，很多人是hiauh。

某些地方的腔調並不濃厚，可能是族群多元相處以致混同抹平了，如花蓮、台東與桃園等地。但老港市如淡水鎮、新竹市、鹿港鎮，腔調相當獨特，辨識度很高。

推理技巧還有很多很多，但時間有限目的地就快到了，根據司機的姓氏、變調、地方音等等，一口來斷定：你是▲▲的人是無？

猜錯了也沒關係，隨著都市化人口流動頻繁，腔調的界限與分別越來越模糊，混淆是很正常的。Bingo！要是猜對了，就可以跟司機好好聊起家鄉……我曾聊得太高興，到目的地按停計費錶那一刻，遇到司機說：

我就算你較俗咧。

可以充實見聞，交交朋友，甚至省些銀兩。就跟著柯南鄭一起來推理，做台語偵探吧！

從張到結的土地合股制

每年跨年101大樓的煙火秀，每每讓台北躍上國際新聞頻道，是台灣重要地標。但在沒有101的年代，這個地方叫做「三張犁」，是一個如今鮮被提及的地名。

在三張犁南邊不遠處，另外有個「六張犁」的地名，因為捷運文湖線在此設站，並以之為名，讓這個老地名歷久彌新，每天以國語、閩南語、客語重複灌入捷運乘客耳中。話說，「張犁」到底是什麼意思？

從張犁看見農地開墾

從台中到台北，有「張犁」的地名非常普遍。即將正式通車的台中捷運綠線共有18站，其中也有個車站名為「九張犁」，而新竹竹北有八張犁、十張犁等地名。除了幾張犁之外，還有許多地名是「張」，新北市的捷運站即有「七張」及「十四張」這兩個含有「張」的站名。「張」其實是「張犁」的簡化，從三張到四十張，這類的地名廣泛分布在北部和中部。

張犁的地名富有多重意義。早年台灣民眾大多以農為生，透過開墾將蠻荒之地闢為農田，而大

賴進貴
台灣大學地理系教授，專注地圖與地理資訊研究。出生於台北劍潭，成長於台北東區，見證台北都市變遷發展，積極推廣生活化地理，投入教科書研發，且為教育部課綱訂定委員。

插畫—Hui

規模的開墾需要勞力。荷蘭人在1620年代從印尼爪哇引進水牛，提供台灣土地開發的重要勞力。依先民的估算方式，一頭牛大約可犁5甲的田，因此張犁被作為土地開發面積的單位。一張犁約為5甲土地，所以三張犁約為15甲，六張犁就是30甲。

張犁地名的另一層意義是，這樣的命名通常代表當年是合作開發。漢人來台的開發大致是由南而北，當沿海地區、南部平原逐漸被開發殆盡之後，晚到的新移民必須往北邊尋找機會。這些墾民進入蠻荒之地從事開發時，面臨身家安全問題，也需要克服水源和勞力問題，一群人共同開發是安全合理的方案，常見墾頭邀集同鄉或族人共同開發，幾張犁代表了當初的開發規模。而這樣的開發背景，也說明張犁地名為何大致分布在台中以北，較少出現在南部。

張犁的地名同時反映牛隻在台灣開發過程的角色。在沒有機械的年代，溫馴的牛擔負犁田、載重等工作，是農家重要助手和資產，也因此衍生放牛的「牛埔仔」、交易牛隻的「牛墟」等地名。傳統台灣家庭幾乎不吃牛肉，即便不務農如我家，餐桌上也從未出現牛肉。台語俗諺的「愛做牛，免驚無田通犁」更顯示牛的任勞任怨，牛是最能連結台灣農村社會的動物。

合作開發，有股就有份

和張犁一樣具有合作開發性質的地名，還包括「股」、「份」、「鬮」、「結」等。先民合作開發的事業不僅只土地，還包括魚塭、鹽田、樟腦等包山包海的產業，因此開發地名不必然使用「張犁」。

從「地名資訊服務網」查詢結果顯示，國內帶有「股」字的聚落地名高達150筆以上，如新北市的五股、台南市的七股。而七股當地的「股」字聚落地名冠全台，據傳七股地名由來，是因三百多年前有7位來自福建的移民，在此地合作從事魚塭開發，共計7位股東，因此名為七股。

「股份」兩字相連，有股就有份，有著「份／分」的地名為數也不少。說到份的地名，第一個就想到苗栗「頭份」，苗栗的「份」字聚落名多達60幾個，「分」的地名也有10多個，顯示當地合作開發的案例也非常多。

新北市的「九份」是電影《悲情城市》的拍攝地點，隨著電影得獎而名聞遐邇。據傳這個地名源自於早年墾民合作開採樟樹，並設置腦灶加以蒸餾製造樟腦，當時共有90口腦灶，以10口灶為一份，共分成九份，故名「九份」。類似的合作開採樟樹地名，也出現在苗栗獅潭鄉的「十六份」。

鬮結地名也是開發編號

「鬮」的意思是抽籤。早年合股開墾土地的墾民，常以抽籤方式決定每個人所分配到的土地位置，因而有一鬮、二鬮、三鬮這類地名。新北市三峽區有幾個這樣的地名，而宜蘭的宜蘭市和員山鄉更多這類地名。

宜蘭比較特別的合作開發地名還包括「結」，共有30多個帶有

「結」的聚落地名，其他縣市雖有這類地名零星分布，但不如宜蘭集中。那是因宜蘭早年開墾者主要來自福建漳州，由數十人集結開發並推派領導者，所開發的土地習慣以「結」來稱呼，隨開發土地編號而有一結、二結、三結……等地名。

多樣豐富的合作開發地名，描繪出當年從海岸地帶到山林的環境，也看見先民開墾的歷史足跡。今日台灣進入工商業社會，大量農田轉為工業區和高科技產業園區，「竹科」、「中科」、「南科」等園區不只帶來廠房，周遭原有農地如雨後春筍般冒出許多住宅大樓。21世紀的台灣，將為未來留下什麼地名和記憶？

生與死並存的海岸沙洲

蓋瑞
規矩遊走於地質與藝文之間的旅人，「Geostory 聽聽地球怎麼說」科普平台共同創辦人之一，沉醉於探索地球科學的本質。現居清幽的山區小鎮，不斷以書寫向外界傳遞科普知識。

人類有文獻記載以來，不難發現人們一直對「世界的盡頭」感到好奇，這種對世界不間斷的探索，應是源自人類最原始想要征服的渴望。每當有一處新的「秘境」被發現，就自然成為發現者的資產，探索地區的多寡，象徵一個人的財富高低與權勢強弱。而探索到世界的盡頭，就意味著人類終於征服這個世界。

儘管人類並未探尋到世界的盡頭（畢竟這個世界，至少說我們居住的地球，是個球體），但各地對於世界盡頭的想像大致類似，不外乎是在陸地的終點鑲接一片廣闊的水面，可能是持續向前航行於那片水面，就能到達盡頭；也可能是陸地突然中斷，急轉直下是看不見底的深淵，而盡頭就在那裡。

而各地對世界盡頭的想像有個共通性——是人死後前往的處所。記得在電影《神鬼奇航3》中對世界盡頭的詮釋，就是人類亡魂的最終歸屬，那裡有一片雪白乾淨的沙灘與澄澈的海洋，人在那裡失去方向感，往前的同時卻也感覺往後；以為到達了終點，卻發現自己只是踏回原點。

台灣作為一個海島，東西南北陸地都接壤著海洋，陸地的邊緣若

再添增一點孤絕感，就更擁有世界盡頭的味道。若要我選擇台灣具世界盡頭意象的一角，那麼在台灣本島西南邊的「頂頭額沙洲」，肯定會列入選單之一。

從岩到砂的自然搏鬥

位在台南七股海邊的頂頭額沙洲，屬於台灣西南部——嘉義至台南海岸一帶諸多沙洲之一，也是台灣本島沙洲中位處最西邊者。因其「極西」的地理位置，擁有大片質感細緻、猶如置身沙漠的沙丘地形，再以一座位處台灣本島最西邊的國聖燈塔作點綴，孤絕美感吸引諸多遊客前來遊憩玩耍。

沙洲帶來孤絕感，每一粒砂則記錄了孤絕產生的歷程。其實，從地質學的角度來看，砂是沉積物的一種顆粒類型，是岩石受侵蝕、風化後的產物。原來的岩石暴露在外界環境中，受到風、雨水、河流等外在營力的作用而崩解、縮小、磨蝕；這些磨碎成砂或泥的沉積物，會再隨著河水帶至下游或海底堆積起來，成為我們現在所見沙洲的基底。

因此，在台灣這樣不斷造山的環境中，若將高山視為地表岩石誕生的起點，那河川下游與海岸邊，就是岩石最終的歸所，並以泥沙等沉積物的樣貌埋葬於此；岩石與自然搏命奮鬥的故事，則在高山與海岸高低落差之間發生。

雖然從地質學角度解讀時，沙洲帶有死亡的意味，但從地形學的角度思考沙洲的形成，卻又感受到沙洲旺盛的生命。

終眠之所也是創生之所

河川的搬運與堆積作用，提供沙洲最重要的砂的來源，但單就河川的堆積作用，其實無法保證能形成沙洲。海底淺而平是沙洲形成的首要條件，這樣的環境讓砂有機會堆積至容易露出海平面上；再來，潮汐、洋流、風等流體的作用，還有流體之間的相互抗衡，會決定沙洲的大小、也決定沙洲會在哪個海

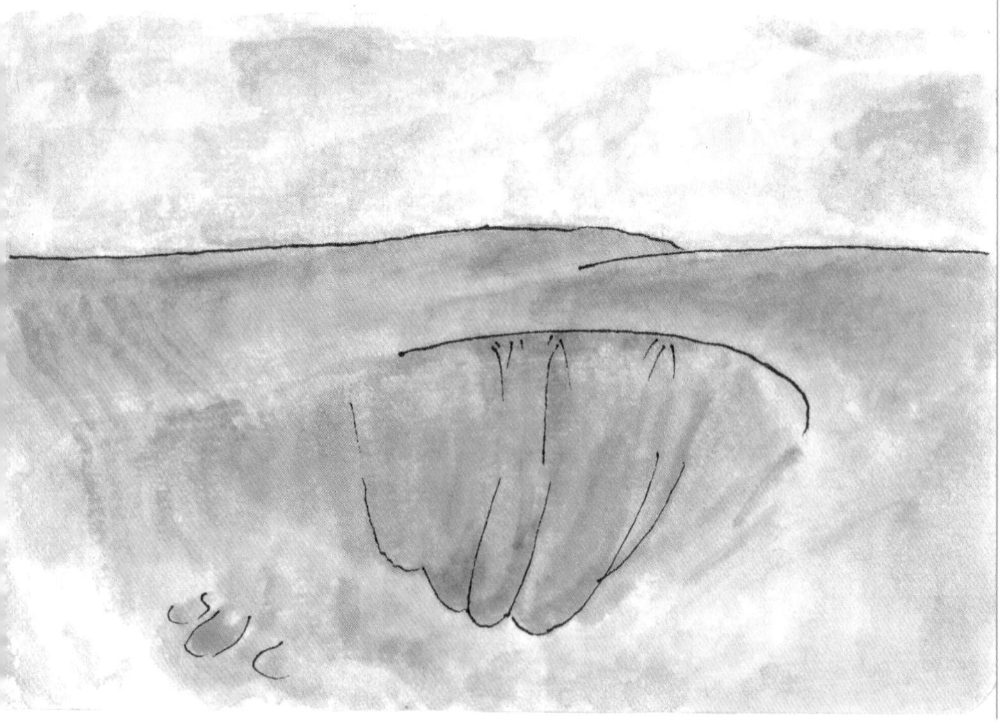

沙丘表面因風吹產生的紋路。

沙丘側面層層堆疊下的紋路。

岸邊生成。

我們現在所見綿延於西南海岸的沙洲，其實就是這些流體作用動態平衡下的產物，這也意味著，當有一天這些作用力變動，進而重新建構新的動態平衡時，沙洲的大小、位置也會因而改變。從地質時間尺度來看，沙洲本身就像是不斷活動的生命體！

沙洲上還有許多大大小小、具各種形狀的沙丘，它們主要是風吹砂而成的地形，當風力與風向改變，沙丘受侵蝕與堆積的位置就會移動，進而讓沙丘變化成新的樣貌。有時沙丘會堆積成或大或小的山、掏蝕之處又能下凹如深谷、沙丘表面還能看到寬度不一的皺褶紋路……若將整片沙洲比擬成活動的巨獸，那麼這些多變的沙丘就像巨獸的背上肌膚，隨著外在環境與內在情緒產生或大或小、形狀持續變化的疙瘩。

「置死地而後生」這句話似乎很適合套用在沙洲上，就像鳳凰那樣，不先被火焰燒成灰燼，就無法重新創造新的生命；終眠之所也能同時是創生之所，台灣本島極西這片沙洲，不斷接納河川帶來的沉積物，同時也藉著自然營力，讓本應為最終產物的沉積物，成為沙洲生命活動的重要基質。

地質生與死的循環不斷在沙洲上展現，矛盾與極端，因而成為沙洲最與眾不同的標記。

一步一腳，採集「地方設計」的有情書

文字、圖片提供—蔡奕屏

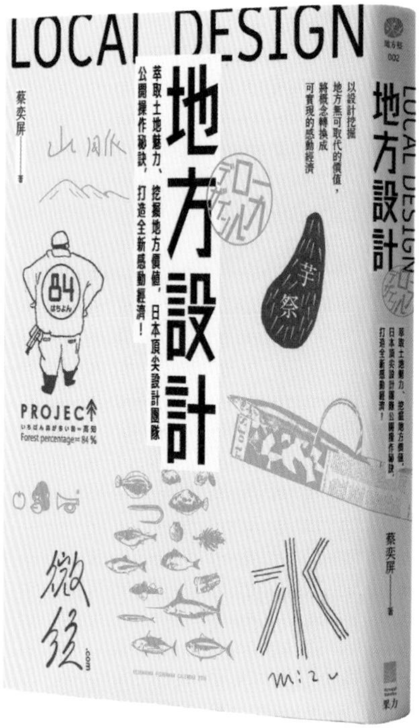

蔡奕屏

台日轉譯者、日本地方系文化觀察者。台大社工系畢業，念過城鄉所、台藝大工藝設計研究所。目前居於日本千葉，於千葉大學，進行地方設計觀察，以及地域活性化、地方關係人口等相關研究。

能否跟我們分享為何有這本書的誕生？

大學的時候，認識了「社會設計」這個概念，雖然很喜歡，但一直覺得社會設計是個太大的概念，就像是最近日本正興盛討論的SDGs，包山包海的，貧窮議題、環境議題、性別議題等等相關，都能是社會設計的範疇。

後來，出現了山崎亮老師的「社區設計」，雖然終於限縮到「社區」這個領域中，但總覺得還不夠，在社會設計之下、社區設計之外，應該有一個專門討論和地方相關、更接地氣的設計類別。之後的幾年，在日本不少雜誌專題裡發

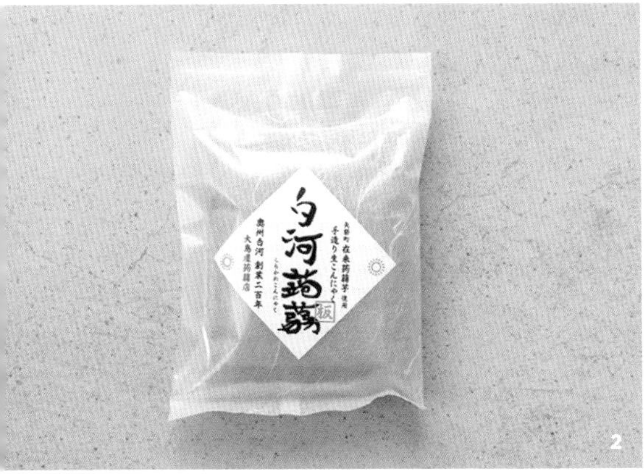

1 日本近年有不少「地方設計」相關特輯的雜誌。 **2** 福島設計事務所Helvetica Design為大島屋蒟蒻家業設計的商品包裝。（圖片來源／ HelveticaDesign）

現了地方設計、地域設計等類似的趨勢，雖然沒有一個通用的稱呼，但都指向跟土地密切相關的設計。

所以，書的誕生可以說是，以直覺和觀察為開頭，為了印證、或是說為了自己的好奇心想要理出這些脈絡，因而開始的搜集資料、採訪之旅。不過，在這些冠冕堂皇的理由之外，還有一部分就是想藉由寫書的名義，拜訪這些心目中的偶像設計師們（笑）。

書中收錄的案例都很精彩，你認為這些案例的共通核心？

《地方設計》的最後，也有試圖找出日本案例的公約數，裡面總共歸納了六點，而其中我覺得有兩點最為核心，分別是「沒有業主的設計」及「扎根於地方的設計」。

「沒有業主的設計」指的是，沒有人委託的設計，也就是沒有義務、也沒有委託金的設計。雖是如此，但是設計師們想的是，「在地方上如果有這個的話，應該很棒」，不標舉著為社區好、為地方好而做，而是純粹想要有有趣的事情發生，像是想為沒落的商店街找回活力而策劃市集活動、希望地方有個大家能交流的空間而開始經營店鋪的計畫等。

「沒有業主的設計」看起來有點像是設計師依照自身喜好創作，但在這些自己想做的設計之外，也能看到地方設計師們將商業案子當作「認識地方的接點」，例如從蒟蒻的包裝設計委託為起點，因而和業主一起發現當地的原始品種蒟蒻芋；或像是從咖啡豆包裝設計中，看見地方小店的難處與特色等等。而這些因為設計委託而與在地接起的一個一個接點，最後串成線、由線又連成面，對地方的認識也就越來越深。這個過程，我想就是回應到另一點「紮根於地方的設計」，也就是把根紮在地方的過程。

在走訪日本案例後，對於台灣的「地方設計」現況有何觀察？

我自己的觀察，其實應該算是對身邊返鄉朋友的觀察，覺得幾年前在「返鄉潮」中歸鄉的多是社會人文背景的朋友，也多是文青、社青、憤青等群體。回到地方之後，這些人發現地方產業有著對於「設計」的需求，或是有了想要辦地方刊物等想法出現，因此開始接觸設計，不管是自學設計、或是找設計專業的夥伴一同加入團隊。後來也在幾次機緣下，聽到地方圈倡議者林承毅老師、台大社會學系陳東升老師，都有類似的觀察。

總結來說，台灣的「地方設計」，有點像是從地方營造工作室為起點，在營造的工作中為了因應不同的需求，而開始增加設計委託的業務；而日本的地方設計師們，雖然也有自學設計、轉行做設計的設計師

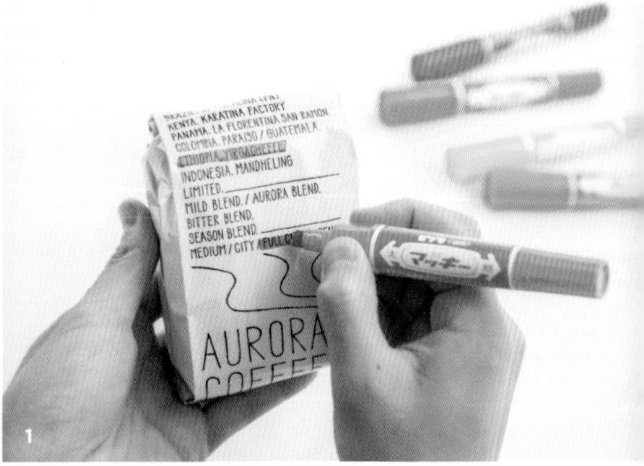

1 山形設計事務所akaoni為地方咖啡店所設計之咖啡豆包裝：在有限的預算中，創造最大的使用效益。（圖片來源／ akaoni） **2** 福島設計事務所Helvetica Design自蒟蒻產品包裝委託為契機，與業主一同復興本土品種蒟蒻。（圖片來源／ HelveticaDesign）

們，不過他們大多將自己明確定位為「設計師」，開業的工作室也都是「設計事務所」，因此捲動地方的方式，多是以設計角度出發，也多以設計師的身份參與地方。

現階段和未來，會把自己定位成「地方」中的什麼角色？

對我來說，現在就像是搜集資料的階段，有點像是採集者，整理日本的有趣案例，建構一個靈感資料庫，和台灣的大家分享；另一方面，也希望自己能是一個有責任感的轉譯者，不僅是語言上的翻譯，也希望能夠梳理出概念的脈絡。例如在書中，除了各種案例之外，也試圖爬梳概念出現的背景脈絡、發展進程，這樣一來，才能在理解背景的基礎之上看日本的案例。

目前，我也正著手第二本、以地方為題的書籍內容採集。在這兩本書的採訪中，其實可以感覺到日本的設計師們、地方工作者們對於台灣有著濃厚的興趣，尤其疫情期間更因台灣的防疫成果耀眼，許多日本人開始對台灣感到好奇。

因此也會期待未來，除了持續向台灣介紹日本的地方之外，也能和日本介紹台灣的地方，讓雙邊能夠進行對等的分享、交流、對話，更把地方的經驗帶向世界。

福井設計事務所TSUGI號召當地工藝職人們，一同舉辦工藝產地祭典RENEW。
（圖片來源／TSUGI）

重現海女草鞋的技藝

陳仲宇

正職教育工作者，兼職文史工作者。投入反對不當開發及地方創生工作，而成為「守護極東」團隊成員、「三貂角文化發展協會」志工，希望海女與石頭屋長存、發揚。

在沒有溯溪鞋和釘鞋的年代，海男與海女如何在濕滑的海岸邊採集呢？答案是草鞋。草鞋曾經是三貂角家戶必備良品，尤其是東北季風盛行的時節，各種海菜茂盛地在海邊生長，使得海岸礁岩更加濕滑。

隨著時代演替，現在已經很少人會打草鞋。為了保留這項古老技藝，也為了保存珍貴回憶，我們採訪了會綁草鞋的阿嬤，以文字與影像來記錄她們的手藝與故事。草鞋的製作過程相當繁瑣，需要事先備好晒乾的草料，因此綁草鞋的技藝無人傳承。但以文化資產的角度來看，這是一項重要的歷史記憶，草

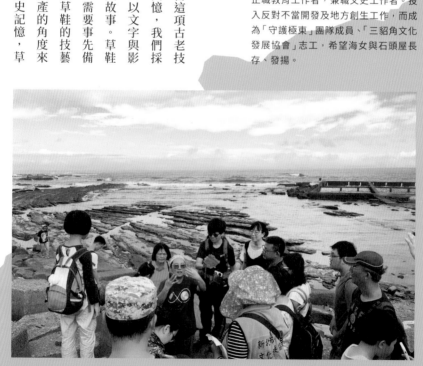

鞋與海女、稻田的連結，是三貂角常民生活文化不可或缺的環節。

去年，三貂角嘗試開辦草鞋製作課程，邀請阿嬤來當老師；在導覽員培訓中，也加入穿草鞋到海邊漫步這項體驗元素。

起初，阿嬤有些不置可否，懷疑會有多少人願意辛苦學習綁草鞋？雖說綁，其實是編織。要把草帶與草繩反覆纏繞與綁紮，還要耙梳、壓實鞋面、用力拉扯；過程之中，需要手臂使勁、轉腰扭拉、腰腹力頂，還要用腿蹬，是一項會用到全身力量的運動。

看到許多學員不因挫折打退堂鼓，不因腰酸背痛而放棄，阿嬤才漸漸產生信心。接著，我們在去年的展覽中展出草鞋製作工具，並有志工仿製新造草鞋製作工具。阿嬤更成為真人博物館，親身為來訪的遊客、記者及來賓示範製作過程，當閃光燈與讚嘆聲此起彼落，阿嬤的笑容也愈發燦爛，也讓更多在地阿嬤站出來，分享自己對草鞋的記憶與技術。

今年，三貂角的海女導覽活動將結合草鞋體驗，讓遊客穿著草鞋跟海女到海岸邊採集。未來，結合稻田復耕，將有稻草可作為草鞋的原料。我們將透過定期導覽及工作假期，讓更多在地阿公與阿嬤來當我們的老師。

看到光芒從他們眼中散發，我們希望能藉此向更多人證明，不需要高速公路，也不需要高樓大廈，三貂角仍然可以發光發熱。我們想讓更多朋友認識這裡的美與好，引導在地人把自己熟悉的傳統生活，轉化成觀光產業的底蘊，讓在地年輕人在此扎根生活，讓深愛的家鄉，有一份可以永續發展的未來。

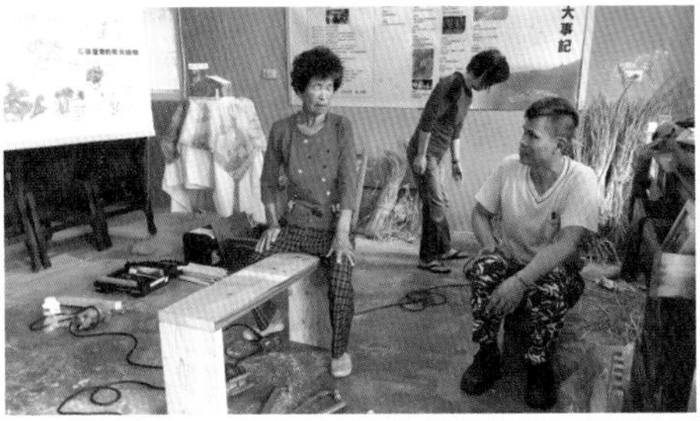

春耕時節的發酵課

春天到來，意味莊稼早已播下，農人早在過年前，就已經準備好翻土育苗。穀笠合作社也不例外，今年農曆年來得晚，但插秧時間也不慢。插秧後，又開始新一期的水稻循環，從巡水、補秧、抓螺、娑草、晒田、再灌溉蓄水、補充穗肥、準備收成，看似簡單的流程，每一項卻都有各自的技藝。

穀笠合作社的青農，正在水田裡和大學生解釋這些技藝的原理，從田裡的水從哪裡來，為何每天要固定來巡水，為什麼要撿福壽螺，以及如何避免福壽螺，慢慢說著青農每天的日常；也說著和周邊鄰田關係如何維繫，如何透過實踐方

吳宗澤

台南製造，扎根埔里，為「籃城好生活」和「穀笠合作社」共同創辦人，現任「南投縣大埔里文創協會」理事長。以農村中的組織工作者自居，擅長總結大家的想法和化成行動。

式，慢慢成為心目中的農民。學生看著青農如何「作為」一位農民，而農民則觀察著學生們如何「揣摩」一位農民，一起在水田中慢步行走，完成手上的工作。

此時，穀笠合作社的其他夥伴，正用上一期的新鮮稻米，在家中孵「米麴」。米麴如同豆麴、酒麴，是喜歡吃米且對人體有益的菌種，以熟飯為家，製作完成的米麴可應用於各種米製品上，舉凡味噌、甘酒、味醂，以及耳熟能詳的鹽麴，都是米麴的延伸運用。

這些食物美味的秘訣在於米麴菌的轉化酶，將米中的澱粉和蛋白質，分解成葡萄糖和胺基酸，是甘味和鮮味的來源。然而剛做好的米麴菌，需要一段時間保溫，才能讓麴菌穩定生長。在台灣，發酵食物適合冬天製作，成功機會高，但製作時間拉長；夏天太熱，很容易有雜菌混入，導致成品產生獨特的酸感，春天正好是適宜的氣候環境。

我們跟一位日本老師學習製麴，在日本鄉下，家家戶戶都會做米麴，老師提倡一種用身體「抱麴」的製麴方式，將完成的米麴用布巾包裹在肚子上保溫，藉身體的體溫，創造適合米麴生長的環境，因此完成的米麴菌會非常適合人體，是一種以人為本的製作方式。

於是最近，會看到合作社夥伴無論吃飯、睡覺、工作，都抱著麴，男生挺著啤酒肚，女生就容易被誤認為孕婦，有時還要摸摸米麴、跟他說說話像在帶孩子一樣，也因此和社區居民產生很多互動。他們好奇我們在幹嘛，又聊到他們結婚生子的過程，接著關心我們幾歲，何時要結婚，如同親戚長輩一樣。

農村周而復始的循環，四季分明的景致，從春耕到發酵，皆蘊含著細心照料的時間，如同青年返鄉需要創造適合的生存環境，並陪伴與耐心的等待，才能創造屬於在地的生活。

用藝術探討 鄉關何處

楊富民

從未離開花蓮豐田村，自稱蔛居在這塊土地、長達28年的在地青年。現任職於社團法人花蓮縣牛犁社區交流協會，以新視野從事社區改造、記錄等工作項目。

鄉是什麼？鄉在哪裡？對很多人的第一理解，或許都會認為，鄉是城的「反面」。城市代表著進步的、經濟的、積極的、科技的，鄉則是這些所有形容詞的另一端。但實際上，真的是如此嗎？鄉，能不能僅是鄉？或者鄉，能不能不被固著成某種負面的意義？

鄉關何處一詞，出自薩伊德（Edward W. Said）的自傳《鄉關何處：薩依德回憶錄（Out of Place: A Memoir）》。最原初的本意，是在探索薩伊德自身作為一個巴勒斯坦後裔，思索自身與原鄉的「離散」，花蓮縣文化局今年以「國際動漫鄉野創景——藝術開

放、空間亮點」計畫，期望創作者們可以藉由此概念，重新思考當代全球化的浪潮中，台灣如何透過位處「鄉」的花蓮，達到真正的越在地越國際，並探尋土地與自身的關係。

這次的計畫透過新型態駐村創作形式，與壽豐鄉的牛犁社區交流協會、萬榮鄉的西林社區發展協會合作，由地方協會擔任引路人，嘗試將這樣的命題，拋擲給予創作者們，使創作者透過自身的視野，重新思考「鄉關何處」；並期望透過本計畫之原創思考、在地連結及開放的藝術行動，探尋更多元的創作素材及型態，將其作為動漫藝術之底蘊，以期花蓮做為台灣未來發展動畫與漫畫的培育及創作基地。

創作者們的回應

藝術家、創作者們，又如何回應「鄉關何處」呢？

藝術家蔡慧盈，在創作中透過台語的「風吹」（hong-tshue，風箏之意）形容她自身的生命經驗。長期旅居國外的她，常覺自身像是無根的人，飄浮在空中難以落地。來到縱谷，她發現花蓮也是在百年來逐漸形成的大移民社會。因此她製作一個大型的藝術裝置作品，以風箏為模型，飄浮在空中，喻示著每個移民來到此地的居民；每一縷風箏的線，牢牢地綁在建物之中，象徵人與土地之間的聯繫。線間還藉由電子迴路，使人碰觸到

（本篇為花蓮縣文化局廣編企畫）

線後將會發出長輩們的預錄的生命故事，令聲音如同真正的「風吹」般，在人們耳邊響起。

藝術團隊後花園萌寵，過去也同樣曾有旅居國外的經驗，從在外的視野回望家鄉，發現故土就像個「文化混血兒」。不論是各式宗教信仰或不同族群，都使得台灣變得難以形容。因此她們期望結合縱谷在地的族群和宗教元素，以及在地的生命經驗，將豐田過去繁華一時而設立的「大同戲院」招牌重新拉上，並以地方為主題設立「電影海報」。取用動漫中Cosplay的概念，以角色扮演的形式拍攝影像作品，將花蓮豐田在地的人文資料呈現於銀幕之中。

創作者彭思錡則是關注到了花蓮過去在南島文化的歷史脈絡與自然資源，以及過去日本時代興起的「洗石子」建築。她將以水泥的施作，打造一個裝置藝術，將過這片富含的「土地」元素，成為可視的藝術作品，重新使我們思考人與土間的關係。

另一組創作團隊「阿Q派」，在部落裡生活的經驗中，發現部落的10元卡拉OK是村落中重要的社交場域；卡拉OK的伴唱帶中，常播放的又是外國的辣妹在沙灘邊漫步、歐洲的風景亮麗迷人——他們覺得自身就像是那個伴唱帶的風景般，好似融入了當地的生活，卻又突兀的令人不感到奇怪。於是他們決定，重新以錄像結合線條繪畫縮時攝影的方式，將部落的在地風景製